POST CARD

天国ポスト
HEAVEN POST

天国ポスト

もう会えないあの人に想いを届けます。

寺井広樹 ×
志茂田景樹 監修

もう会えなくなった人に
想いを書く届けてくれる
ポストに投かんされた
心を揺さぶる73通を収録。

亡くなった母へ
津波にさらわれた祖父へ
ともに過ごした犬へ

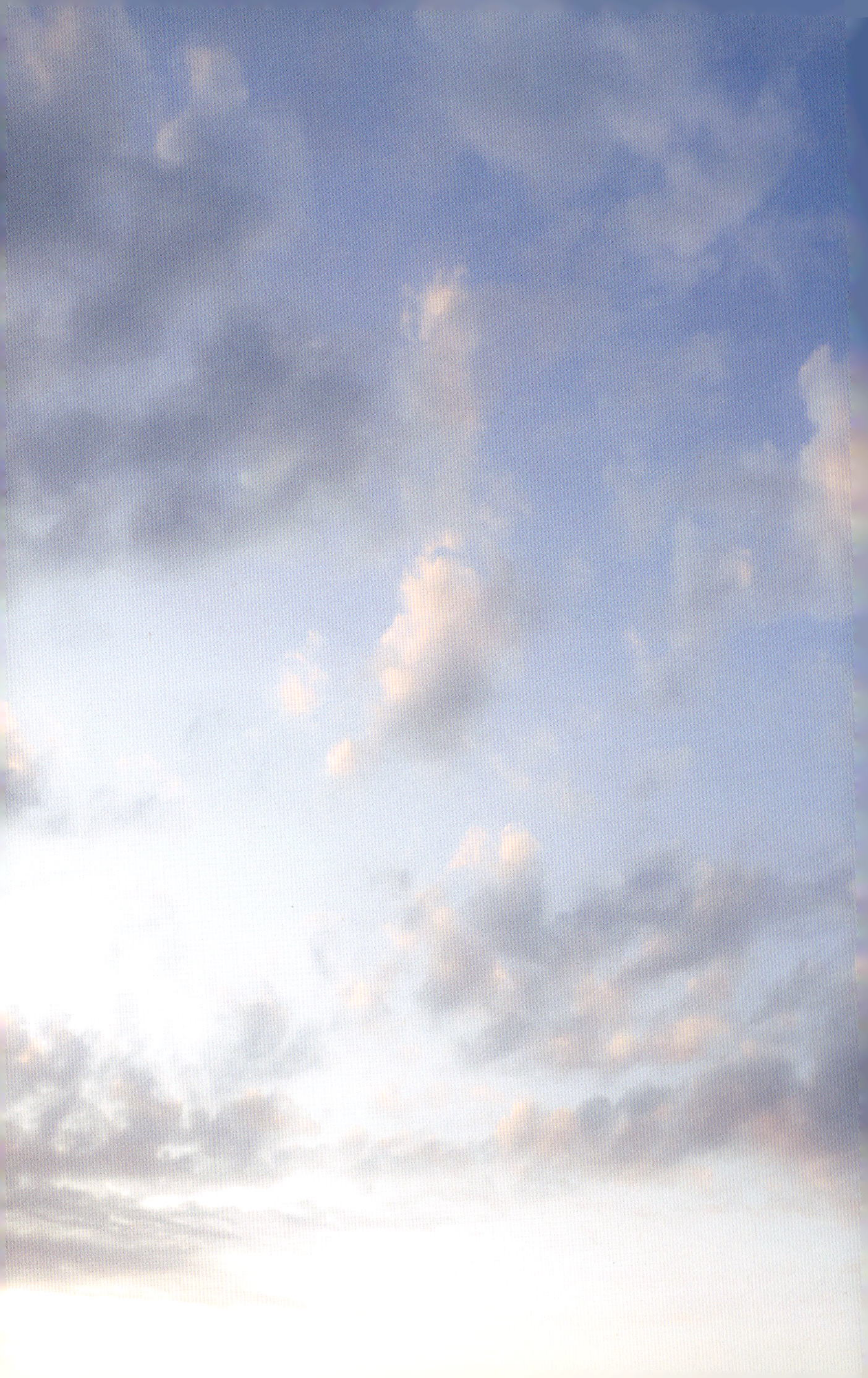

自ら命を絶った父へ
天国の姑へ
生き別れた娘へ

もう会えなくなった人に
想いを書くと届けてくれるポスト。

天国ポスト
〒

お元気ですか。
見守ってくれていますか。
もう一度だけ会いたい……。

もし私の声が届いていても
返事は大丈夫です。
涙が切手代わり。

今日も誰かが
やってきました。
「ありがとう」を
伝えるために。

CONTENTS

PAGE TITELE

天国ポストとは

天国ポスト

もう会えないあの人に想いを届けます。

もう会えなくなるのなら、「ありがとう」と伝えておけばよかった。
もう会えなくなるのなら、こんなことを言っておきたかった。
もう会えなくなるのなら、あんなことを言うんじゃなかった。
突然、大切な相手とのお別れのときが来ると、誰しも後悔しないではいられません。

一緒にいられるのが当たり前だと思っていた日々。もう戻らない日々。
そんな日々を思い返し、
「ああすればよかった、こうすれば……」という気持ちに苛まれます。

そんなときは、もう会えない相手への想いをつづってみませんか。

「いままで、ありがとう」
「あんなことして、ごめんね」
「愛してるよ」
「いつまでも忘れない」

あなたの想いを受け止めたはがきや手紙は、
「天国ポスト」に投函してください。

天国ポストは、もう会えなくなった相手に、想いを届けるポストです。

言えなかった言葉、伝えたかった思い、知って欲しかった気持ち……。
文字にして、「想いよ届け」と天国ポストに投函したら、少しだけ心が軽くなるかもしれません。

天国ポスト事務局

はじめに

Introduction

「誰かを想って書く」ことが癒しにつながる

寺井広樹

私が「涙活プロデューサー」という仕事を始めて、もうすぐ4年になります。涙活とは、意識的に涙を流すことで、心身のデトックスを図る活動です。定期的に各地で涙活イベントを開いており、おかげさまで大好評です。

涙活イベントには、さまざまな人がみえます。健康法として気軽に泣きに来る人もいれば、大切な人を失い、「悲しすぎて泣けない、思いっきり泣きたい」と来る人もいます。

私は阪神・淡路大震災のとき、自分自身が被災した経験から、毎年3月には福島で涙活を行っています。とくに被災地での涙活では、「つらすぎて泣けない」という人に多く出会いました。涙活で、「ようやく思い切り泣けた」と喜んでいただけることもよくあります。

そんな人の多くが、「せめて最後に『ありがとう』と伝えたかった」とおっしゃいます。そういう話を何度も聞くうち、「もう会えない人への手紙を投函するポストを作ったらどうだろう」と考えました。「大切な相手を失った人のグリーフケアになれば」という思いで発案したものです。「グリーフケア」とは、家族など大切な人を亡くし、深い悲しみに打ちひしがれている方々へのケアのことです（グリーフは深い悲しみという意味）。

発案にご賛同くださった作家の志茂田景樹氏により、このポストは「天国ポスト」と命名されました。なお、寺井広樹原案・志茂田景樹作で、『ぼくの天国ポスト』（絵本塾出版）という絵本も出版されています。

本書では、天国ポストに投函された手紙の紹介をメインに、天国ポストの活動を通じて志茂田景樹氏が感じたことを収録、天国ポストにまつわるエピソードもコラムとして紹介します。

さまざまな思いがつづられたはがきや手紙からは、「どんなに悲しいことがあっても、希望を見出して生きていく」というメッセージが伝わってきます。また、「だれかを想い、書く」ことが、自分と相手をみつめ直す手段になり、癒しにつながることもわかります。

はがきや手紙の内容はパーソナルなものですが、不思議と読む人の心をゆさぶり、励まし、あたためてくれます。あなたが共感できる一通、元気づけられる一通、あなたの心に寄り添う一通がみつかりますように。

福島での涙活

天国あてのはがき・手紙を紹介します。

天国ポストは、空をイメージした雲の形のポストです。

メインの天国ポストは、福島県いわき市の元郵便局長・猪狩弘之さんのご協力により、現在、猪狩さん宅の庭に設置されています。

猪狩さんは、ご自身が被災者で、現在は自作の紙芝居や電子出版、イベントなどを通じ、震災の語り部として復興に心血をそそいでおられます。

その一環として、天国ポストの活動にもご協力くださっています。

福島県いわき市の
元郵便局長
猪狩弘之さん

この天国ポストは可動式で、今後は全国各地を回る予定です。

東京・豊島区の「千年画廊」にも、小型版の天国ポストが設置されています。また、東京・新宿区に「天国ポスト事務局」があり、こちらへの郵送によっても投函することができます（天国ポストへの投函のしかたは154ページ参照）。

天国ポストには、全国から寄せられた数多くの手紙やはがきが投函されており、現在、すでに1000通を超えています。

そのなかから、天国ポスト事務局で選んだ73通をご紹介します。

順番にご覧いただいても良いし、パラパラとめくって気になるはがき・手紙を読んでいただいてもかまいません。

心にしみる天国あてのはがき・手紙の数々を、どうぞご覧ください。

＊原則として、はがき・手紙自体の写真と、起こしたテキストを並べて掲載しています。
＊本書では明らかな誤字・誤表現は、テキストでは修正している場合があります。
＊改行は原文のはがき・手紙のままでない場合があります。
＊手紙が外国語の場合は訳文を掲載しました。

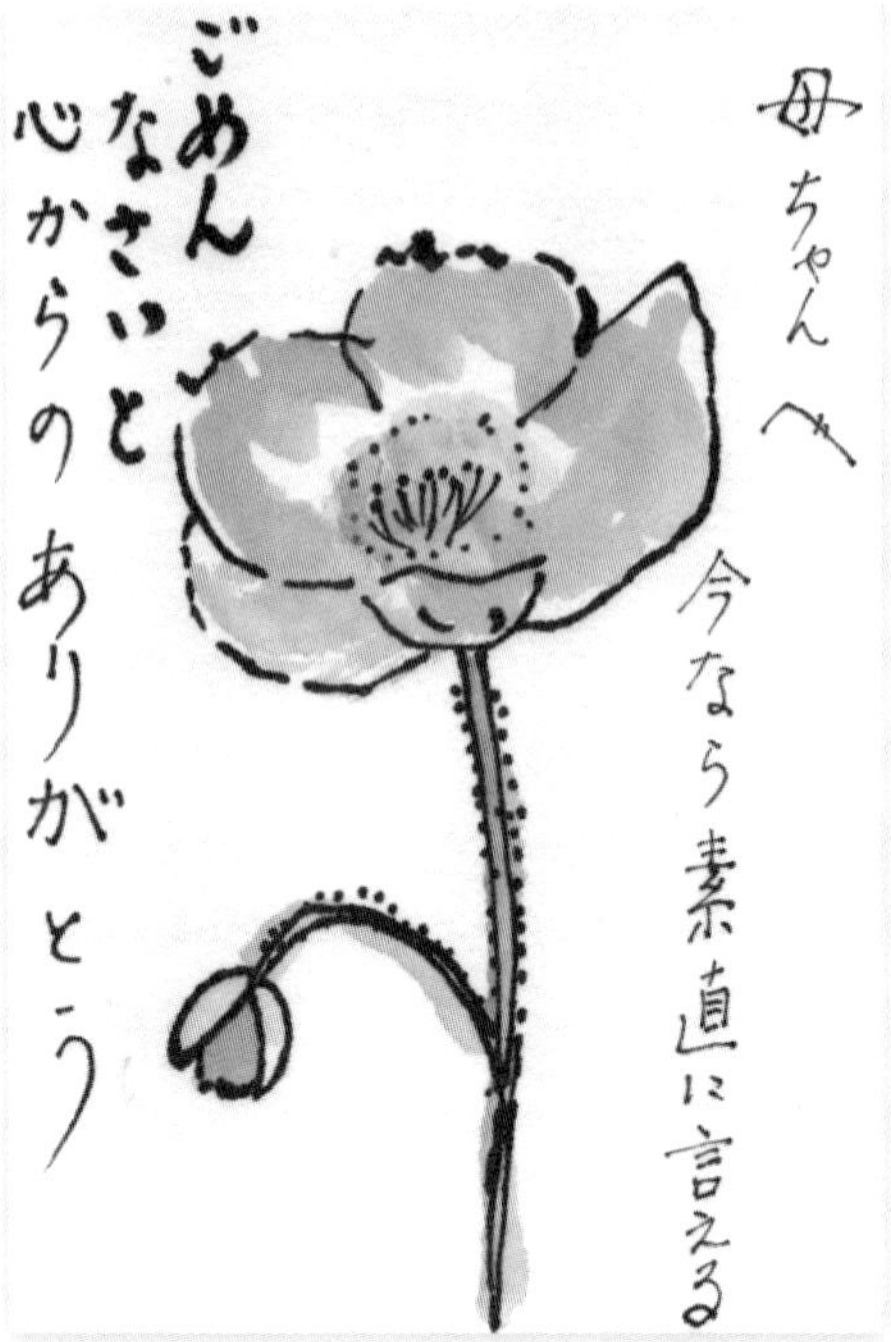

母ちゃんへ

今なら素直に言える
ごめんなさい　と
心からのありがとう

なるひと、元気にしてますか？
じーちゃんといっしょですか？
あなたのこと だきしめてあげられなくて
ごめんね。
でも お母さんはいつもあなたのこと思って
いるからね。忘れずにいるからね
いつか 会うことを楽しみにしているよ。
待っててね。

なるひと、元気にしてますか？
じーちゃんといっしょですか？
あなたのこと
だきしめてあげられなくてごめんね
でもお母さんはいつもあなたのこと
思っているからね。
忘れずにいるからね。
いつか会うことを楽しみにしているよ。
待っててね。

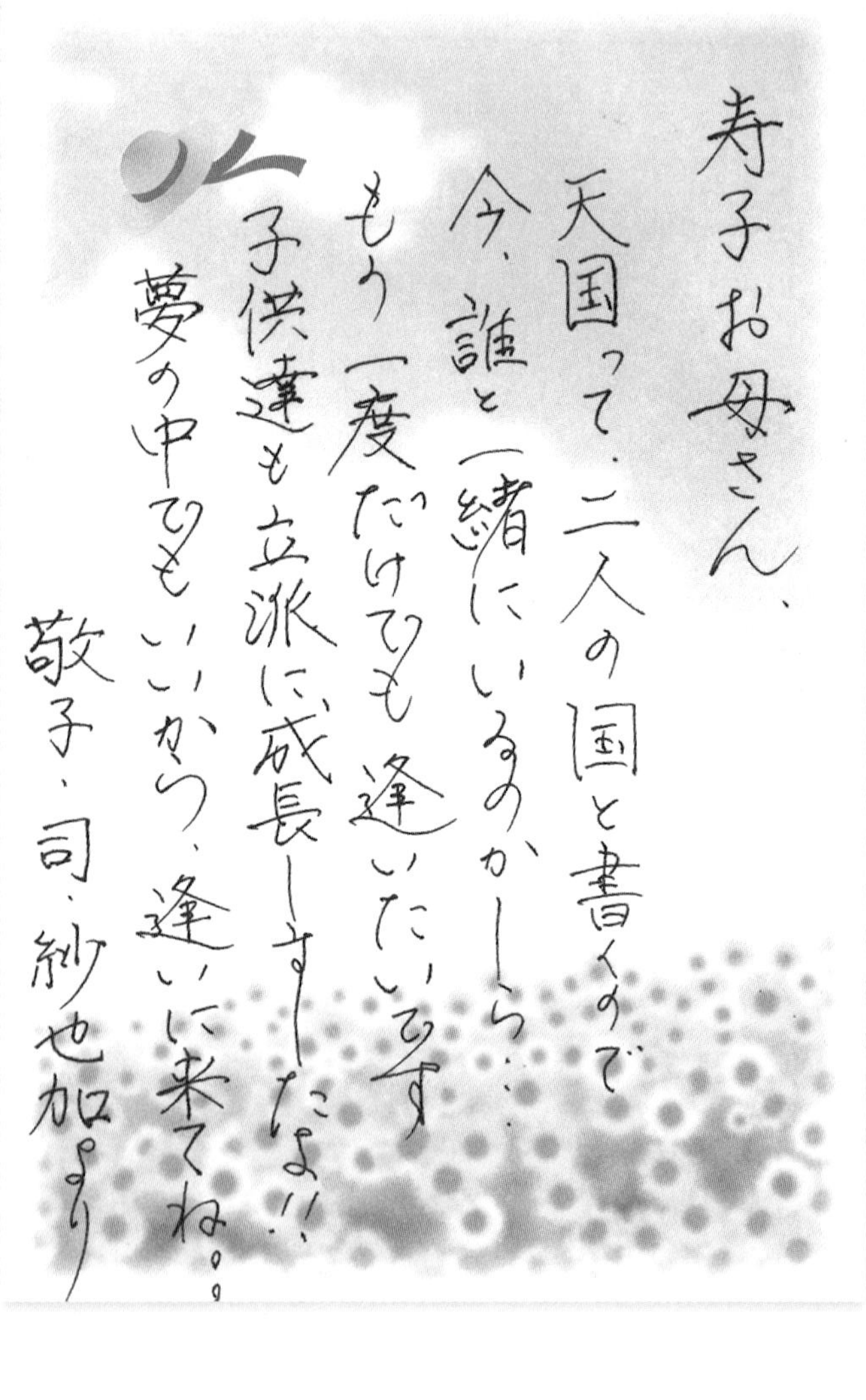
寿子お母さん、
天国って、二人の国と書くので
今、誰と一緒にいるのかしら……
もう一度だけでも逢いたいです
子供達も立派に成長しましたよ!!
夢の中でもいいから、逢いに来てね。。
敬子、司、紗也加より

寿子お母さん

天国って、二人の国と書くので、
今、誰かと一緒にいるのかしら……
もう一度だけでも逢いたいです。
子供達も立派に成長しましたよ!!
夢の中でもいいから、逢いに来てね。
敬子・司・紗也加より

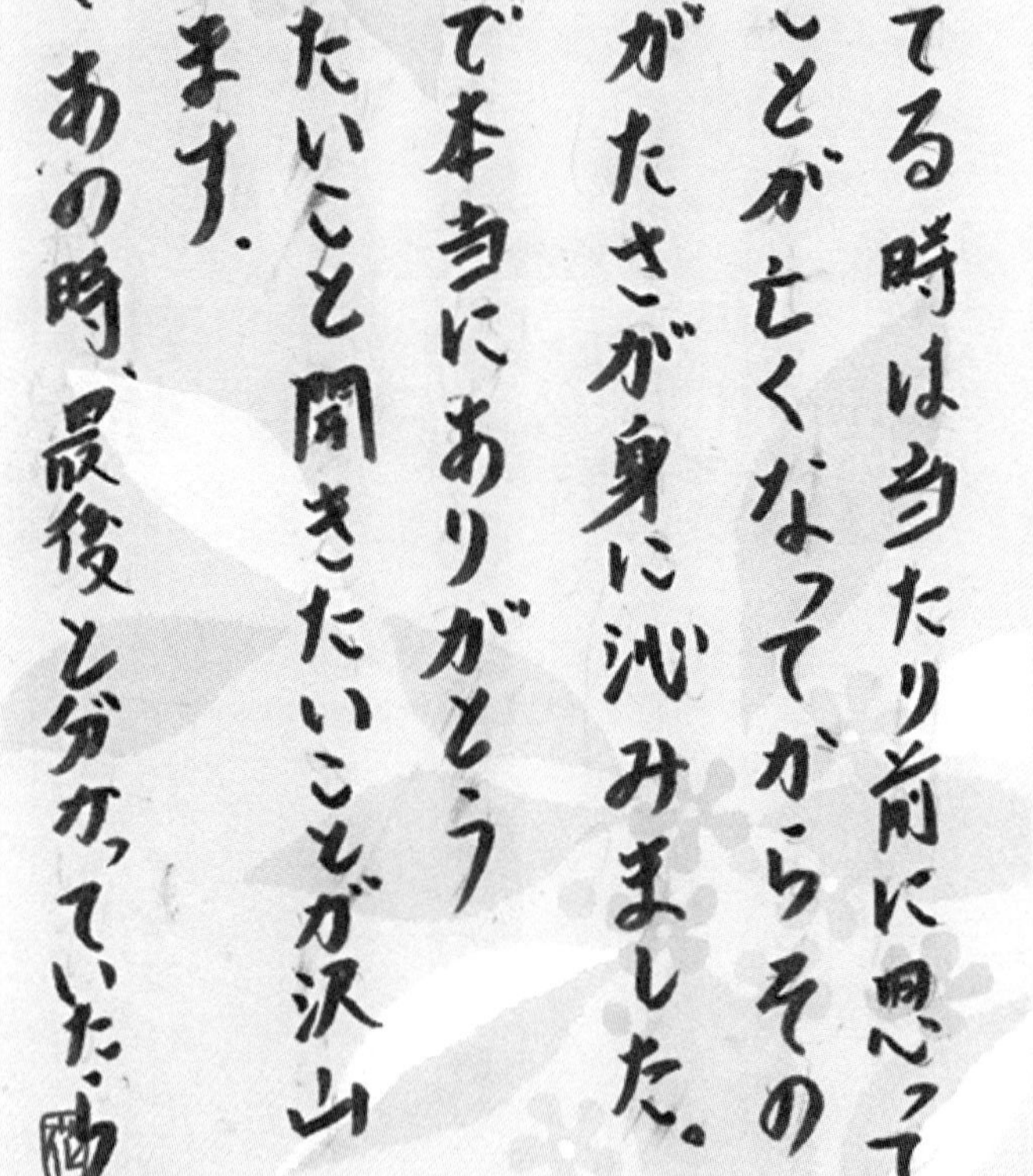

生きてる時は当たり前に思って
いたことが亡くなってからその
ありがたさが身に沁みました。
今まで本当にありがとう
話したいこと聞きたいことが沢山
あります.
もし あの時、最後と分かっていたら.

生きてる時は
当たり前に思っていたことが
亡くなってから
そのありがたさが身に沁みました。
今まで本当にありがとう
話したいこと
聞きたいことが沢山あります。
もしあの時、
最後と分かっていたら。

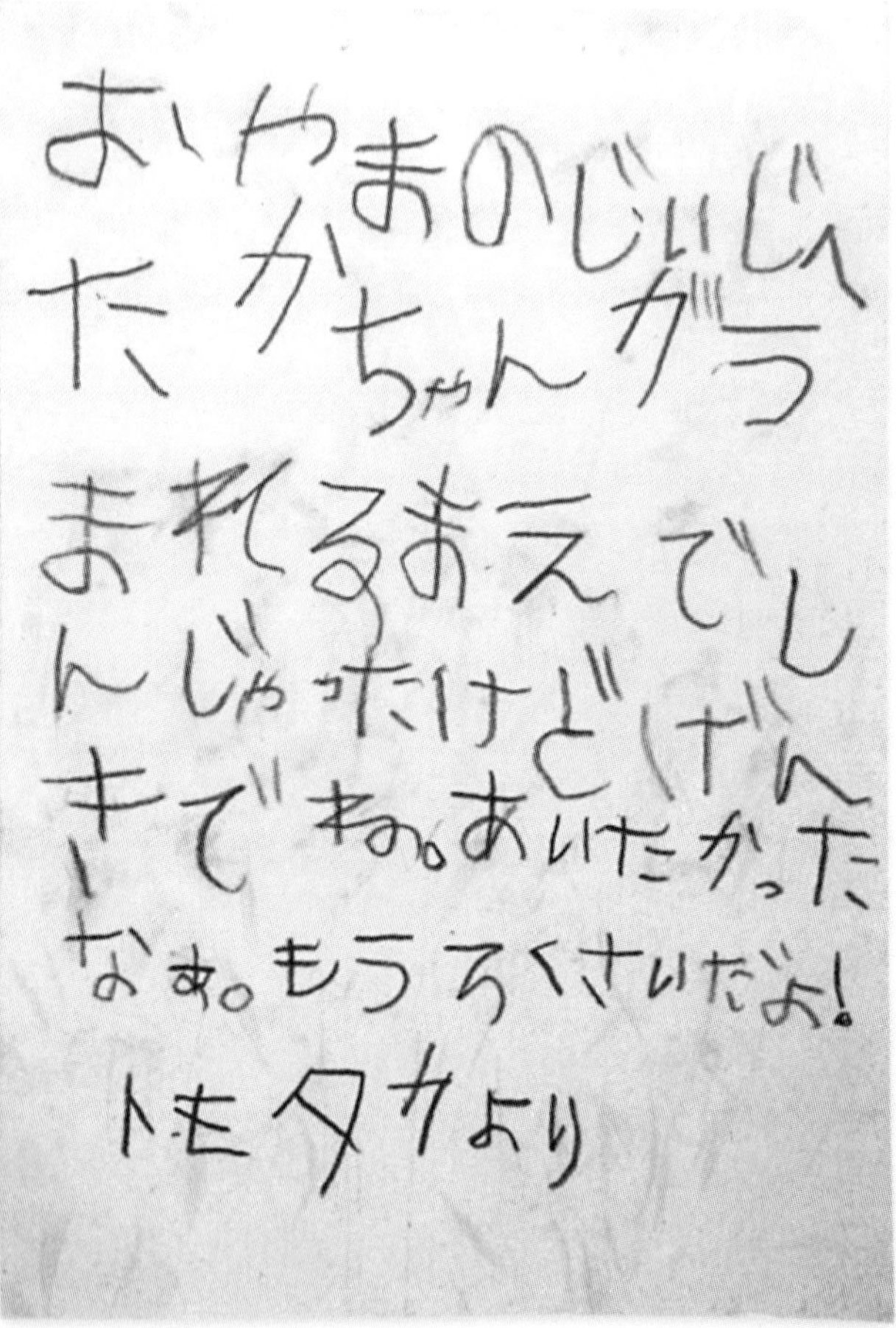
お、やまのじいじへ
た、かちゃんがう
まれてるまえでし
んじゃったけどげん
きでね。あいたかった
なぁ。もうろくさいだよ！
トモタカより

おやまのじいじへ

たかちゃんがうまれるまえで
しんじゃったけど
げんきでね。
あいたかったなぁ。
もうろくさいだよ！
トモタカより

1
COLUMN
コラム

1歳を目前に逝った「ぼくのおとうと」

「ぼくのおとうと」

かわのりん

ぼくのおとうとは、てんごくにいます。

空をみると、そうくんがぼくとりこちゃんにはみえます。

そして、ぼくたちにおはなしをしてくれます。

おそらは、どんなところなんだろう。そうくんは、いま、なにをしているのかな。

しあわせにしているのかな。ぼくたちのそばにいてほしいな。と、そらをみるとおもいます。

ぼくは、そうくんのことをあいしています。

1歳になる前に空に昇ってしまった息子へ。パパもママも兄も妹も、あなたのこと忘れないよ

河野《かわの》家の現在の家族構成は、お父さん、お母さん、9歳のりんくん、2歳のりこちゃん。けれども、本当は5人家族で、りんくんの弟、りこちゃんのお兄ちゃんである「そうくん」がいます。

そうくんは、2011年の3月、1歳を目前にして天に召されてしまいました。車に乗せて、降ろそうとしたときに亡くなっているのがわかったのです。しばらくのあいだ、母・静恵《しずえ》さんは、なにひとつ手につかない状態で泣き続けました。

そうくんの葬儀のとき、集まってくれた人の発案で、たくさんの風船に種をつけて空に飛ばすことになりました。「天国に種がまかれてたくさんの花が咲き、そうくんが寂しくないように」という願いからです。

種から芽が出て育つように、「みんなそうくんのことをずっと覚えているからね」というメッセージでもありました。

種をつけた色とりどりの風船が空に昇っていくのは、とても素敵な風景で、そうくんもきっと喜んでくれているだろうと思えました。

そうくんのお父さんが、飛んでいく風船を写真に撮ってポストカードを作りました。そのポストカードに、静恵さんはそうくんへの想いをつづって天国ポストに投函したのです。

お兄ちゃんのりんくんは、学校で「家族に向けた作文を書く」という宿題が出たとき、「ぼくのおとうと」と題して、28ページの作文を書きました。それを読んだ静恵さんは、あふれる涙をこらえることができませんでした。

「そうくんをちゃんと覚えていて、家族と思ってくれているんだと思うと、嬉しくて……。親バカといわれるかもしれませんが、素直で素敵な文でした」と静恵さん。

なぜ、0歳のそうくんが天に昇らなければならなかったのか。幾度となく問い続けた答えは見つからないけれど、りんくんの作文を読み、自らもそうくんに手紙を書いたことで、少しだけ救われた気持ちになれたといいます。

「ここにいるのは4人だけど、本当は5人家族。これからも、家族みんながそう思って、そうくんを忘れないで生きていきます。そうくんには、空から見守っていて欲しい」

静恵さんは、そう話してくれました。

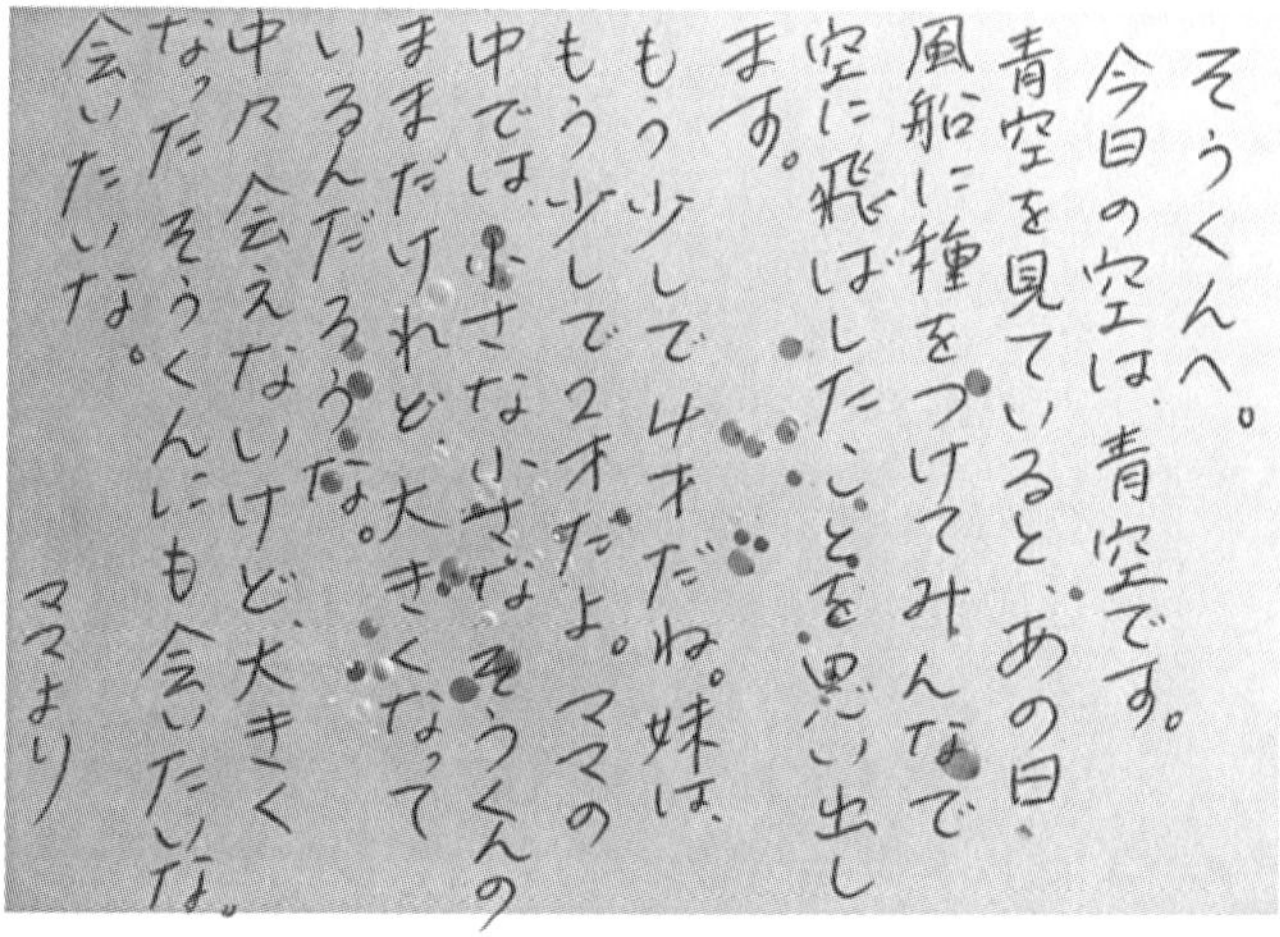
そうくんへ。
今日の空は、青空です。
青空を見ていると、あの日、
風船に種をつけてみんなで
空に飛ばしたことを思い出し
ます。
もう少しで4才だね。妹は、
もう少しで2才だよ。ママの
中では、小さな小さなそうくんの
ままだけれど、大きくなって
いるんだろうな。
中々会えないけど、大きく
なったそうくんにも会いたいな。
会いたいな。
ママより

そうくんへ。


今日の空は、青空です。

青空を見ていると、あの日、風船に種をつけてみんなで空に飛ばしたことを思い出します。

もう少しで4才だね。妹は、もう少しで2才だよ。ママの中では、小さな小さなそうくんのままだけれど、大きくなっているんだろうな。

中々会えないけど、
大きくなったそうくんにも会いたいな。

会いたいな。

ママより

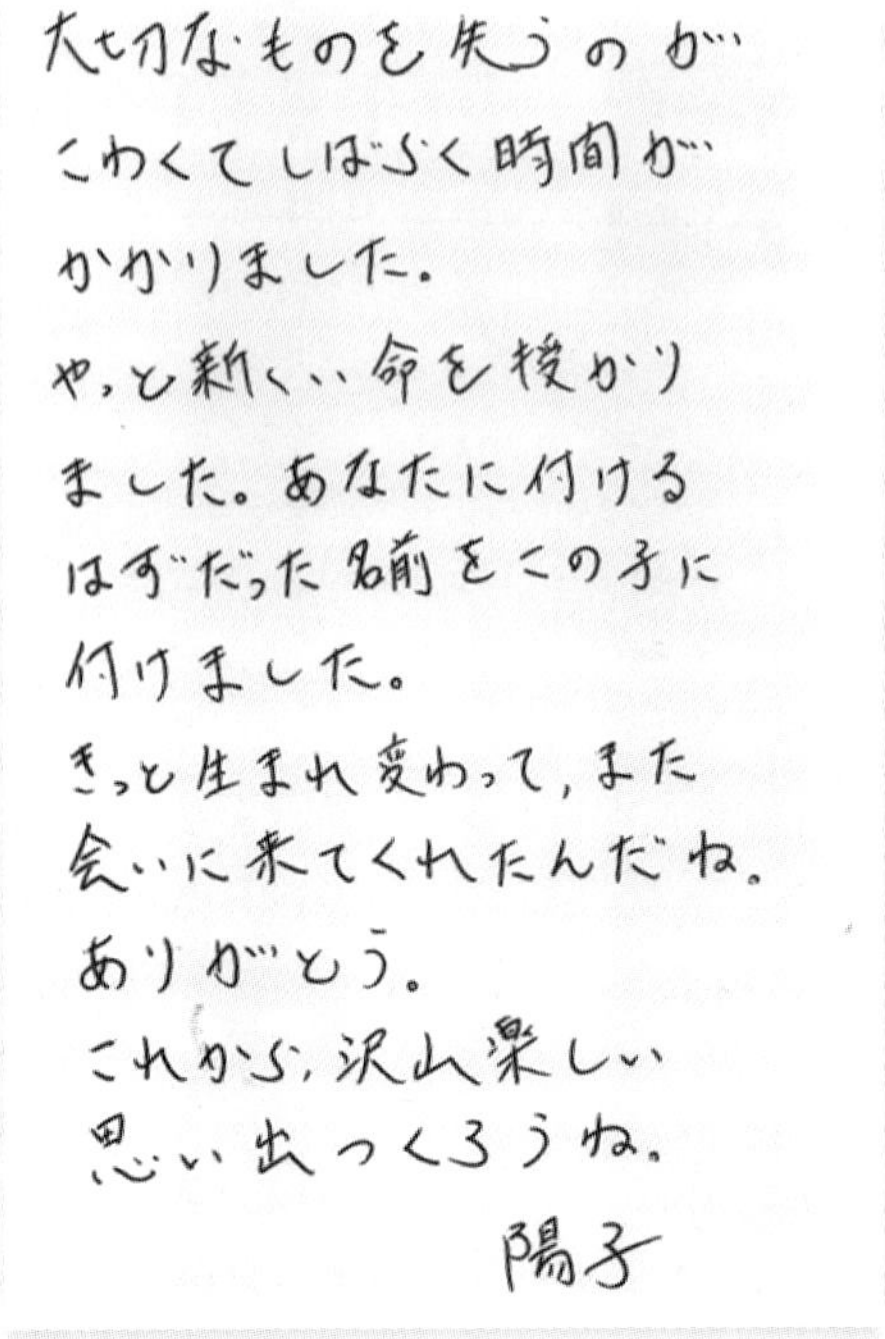
大切なものを失うのが
こわくてしばらく時間が
かかりました。
やっと新しい命を授かり
ました。あなたに付ける
はずだった名前をこの子に
付けました。
きっと生まれ変わって、また
会いに来てくれたんだね。
ありがとう。
これから、沢山楽しい
思い出つくろうね。
陽子

大切なものを失うのがこわくて
しばらく時間がかかりました。
やっと新しい命を授かりました。
あなたに付けるはずだった名前を
この子に付けました。
きっと生まれ変わって、
また会いに来てくれたんだね。
ありがとう。
これから、沢山楽しい思い出つくろうね。

陽子

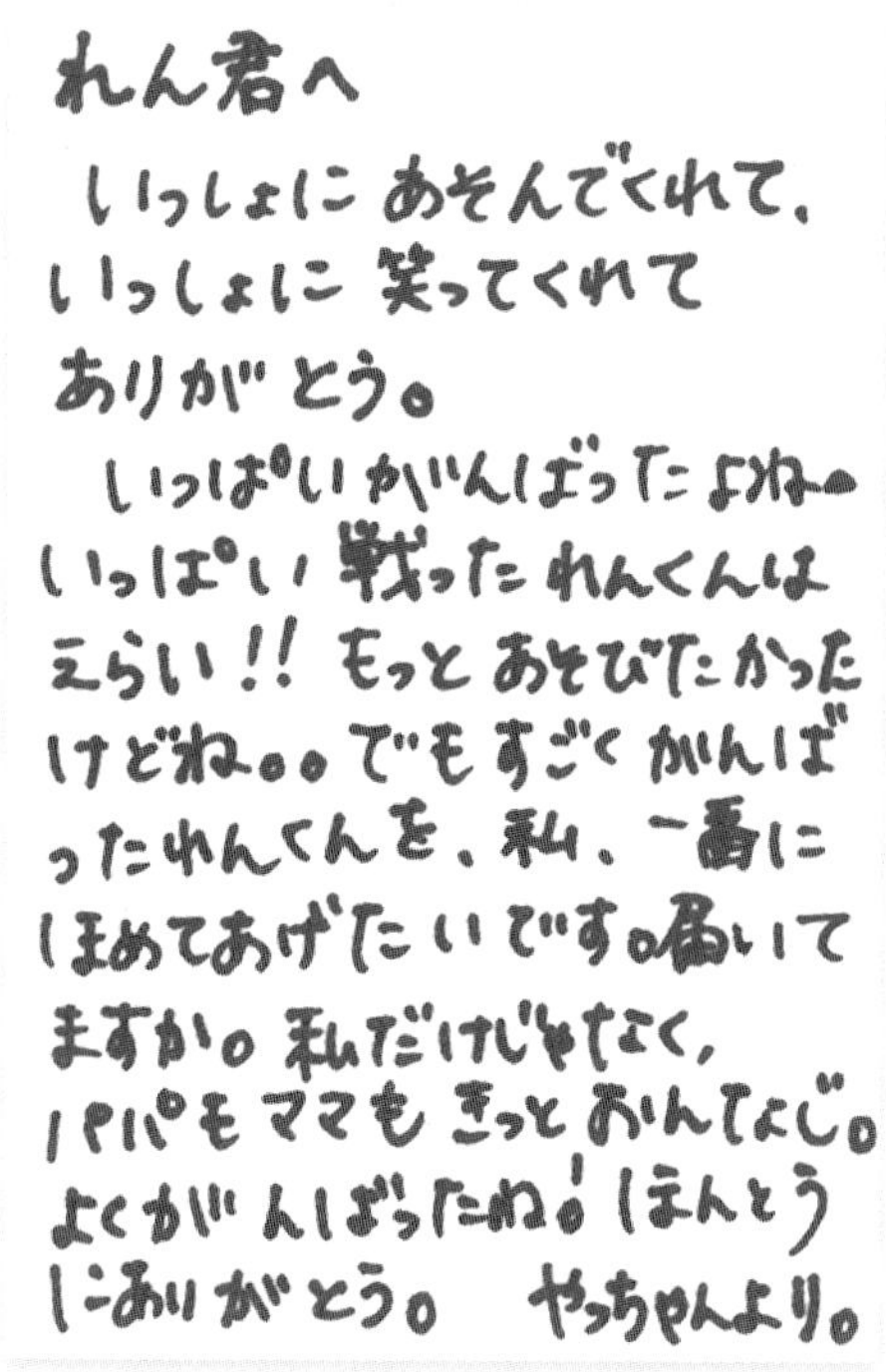
れん君へ
いっしょにあそんでくれて、いっしょに笑ってくれてありがとう。
いっぱいがんばったよね。いっぱい戦ったれんくんはえらい!! もっとあそびたかったけどね。。でもすごくがんばったれんくんを、私、一番にほめてあげたいです。届いてますか。私だけじゃなく、パパもママもきっとおんなじ。よくがんばったね! ほんとうにありがとう。 やっちゃんより。

れん君へ

いっしょにあそんでくれて、
いっしょに笑ってくれて
ありがとう。
いっぱいがんばったよね。
いっぱい戦ったれんくんはえらい!!
もっとあそびたかったけどね……
でもすごくがんばったれんくんを、
私、一番にほめてあげたいです。
届いてますか。
私だけじゃなく、パパもママもきっ
とおんなじ。よくがんばったね!
ほんとうにありがとう。

やっちゃんより。

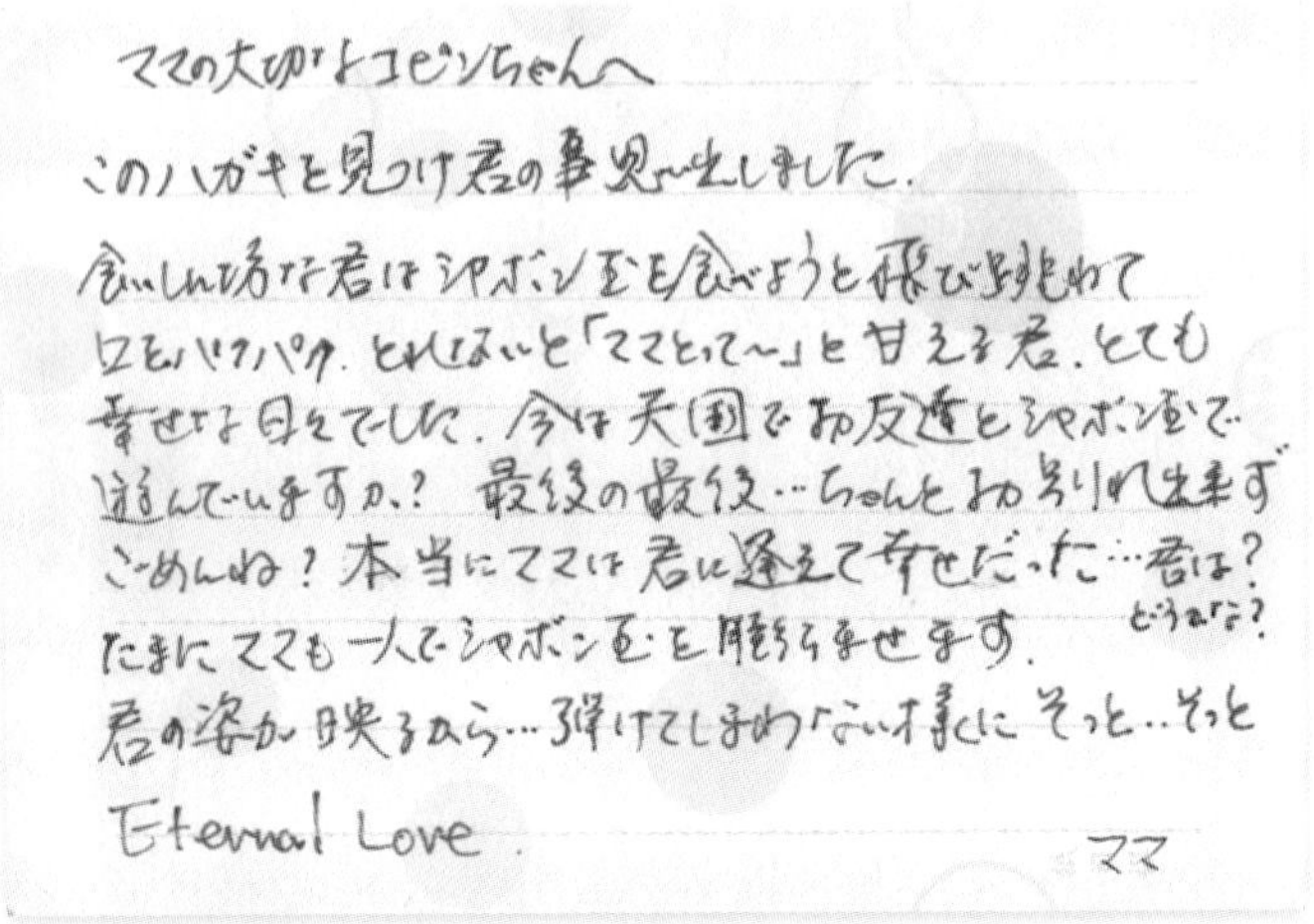
ママの大切なコビンちゃんへ
このハガキを見つけ君の事思い出しました。
食いしん坊な君はシャボン玉を食べようと飛び跳ねて
口をパクパク。とれないと「ママとって〜」と甘える君。とても
幸せな日々でした。今は天国でお友達とシャボン玉で
遊んでいますか？ 最後の最後…ちゃんとお別れ出来ず
ごめんね？ 本当にママは君に逢えて幸せだった…君は？
どうかな？
たまにママも一人でシャボン玉を膨らませます。
君の姿が映るから…弾けてしまわない様にそっと…そっと
Eternal Love.
ママ

ママの大切なコビンちゃんへ

このハガキを見つけ君の事思い出しました。

食いしん坊な君はシャボン玉を食べようと飛び跳ねて口をパクパク。とれないと「ママとって〜」と甘える君。とても幸せな日々でした。今は天国でお友達とシャボン玉で遊んでいますか？

最後の最後……ちゃんとお別れ出来ずごめんね？

本当にママは君に逢えて幸せだった……君は？ どうかな？

たまにママも一人でシャボン玉を膨らませます。

君の姿が映るから……弾けてしまわない様にそっと……そっと

Eternal Love

ママ

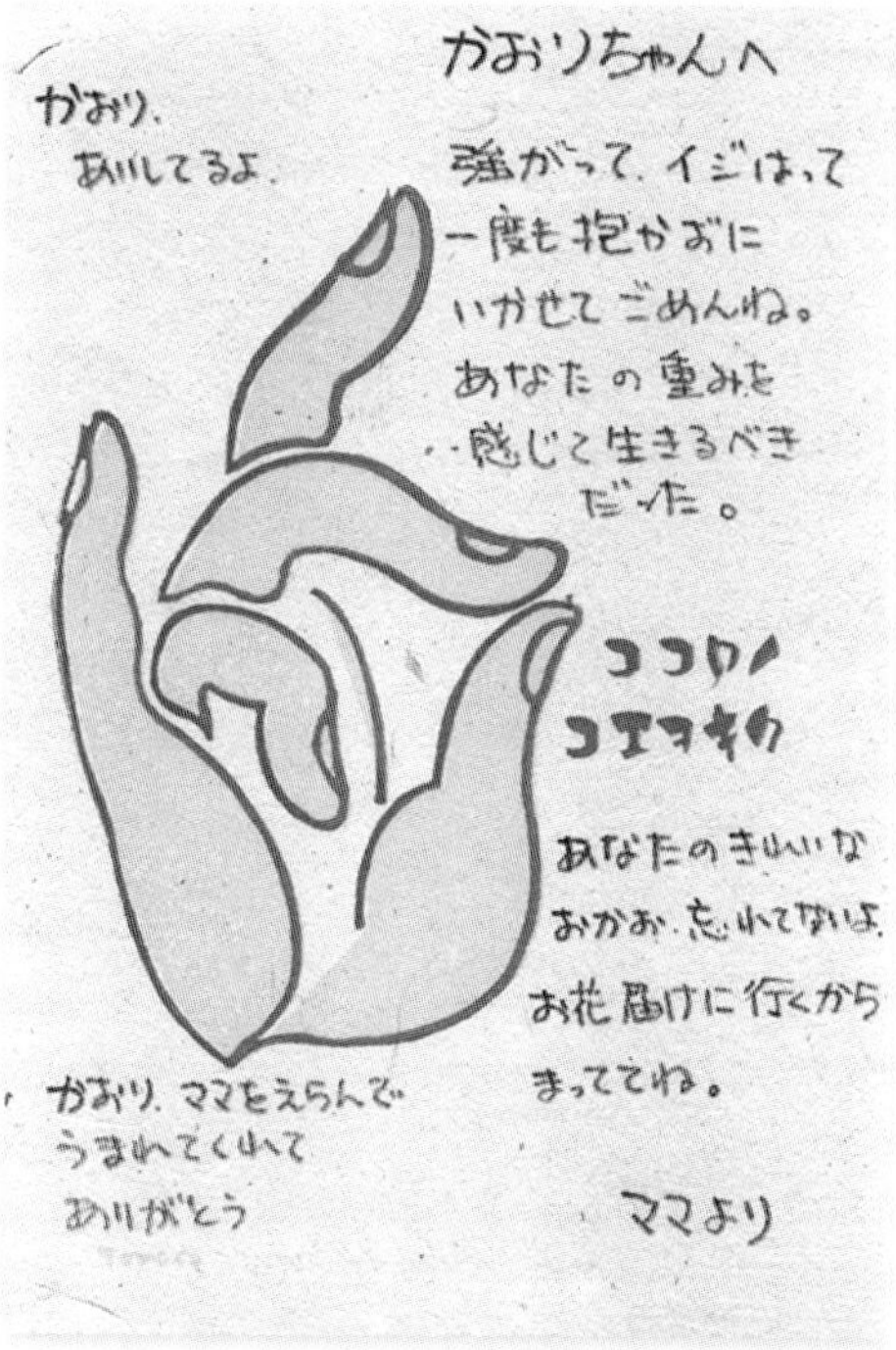

かおりちゃんへ

かおり、あいしてるよ。
強がってイジはって
一度も抱かずにいかせてごめんね。
あなたの重みを感じて
生きるべきだった。
あなたのきれいなおかお、
忘れてないよ。
お花届けに行くからまっててね。
かおり、
ママをえらんでうまれてくれて
ありがとう。

ママより

おじいちゃん、おばあちゃん、
お元気ですか？
いつも、私達、皆のこと、守って
くれて……
本当に、ありがとう。
とても、感謝しています。
おかげさまで、
みんな元気にしあわせにやってい
ます。
これからもどうぞ
よろしくおねがいします!!!
愛をこめて。

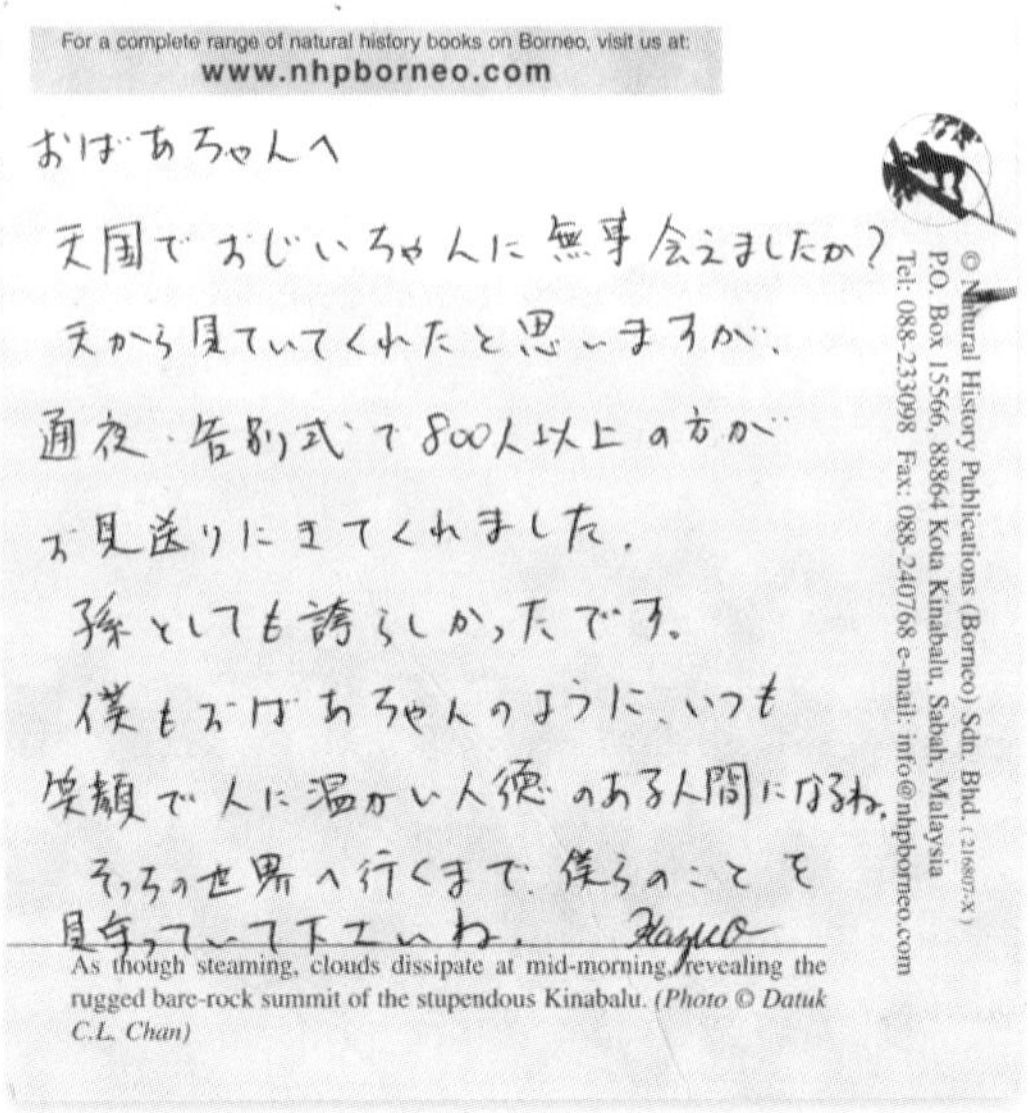
For a complete range of natural history books on Borneo, visit us at:
www.nhpborneo.com

おばあちゃんへ
天国でおじいちゃんに無事会えましたか？
天から見ていてくれたと思いますが、
通夜・告別式で800人以上の方が
お見送りにきてくれました。
孫としても誇らしかったです。
僕もおばあちゃんのように、いつも
笑顔で人に温かい人徳のある人間になるね。
そっちの世界へ行くまで、僕らのことを
見守っていて下さいね。 Kazuo

© Natural History Publications (Borneo) Sdn. Bhd. (216807-X)
P.O. Box 15566, 88864 Kota Kinabalu, Sabah, Malaysia
Tel: 088-233098 Fax: 088-240768 e-mail: info@nhpborneo.com

As though steaming, clouds dissipate at mid-morning, revealing the rugged bare-rock summit of the stupendous Kinabalu. *(Photo © Datuk C.L. Chan)*

おばあちゃんへ

天国でおじいちゃんに無事会えましたか？
天から見てくれたと思いますが、
通夜・告別式で８００人以上の方がお見送りにきてくれました。
孫としても誇らしかったです。
僕もおばあちゃんのように
いつも笑顔で人に温かい人徳のある人間になるね。
そっちの世界へ行くまで、僕らのことを見守っていて下さいね。

Ｋａｚｕｏ

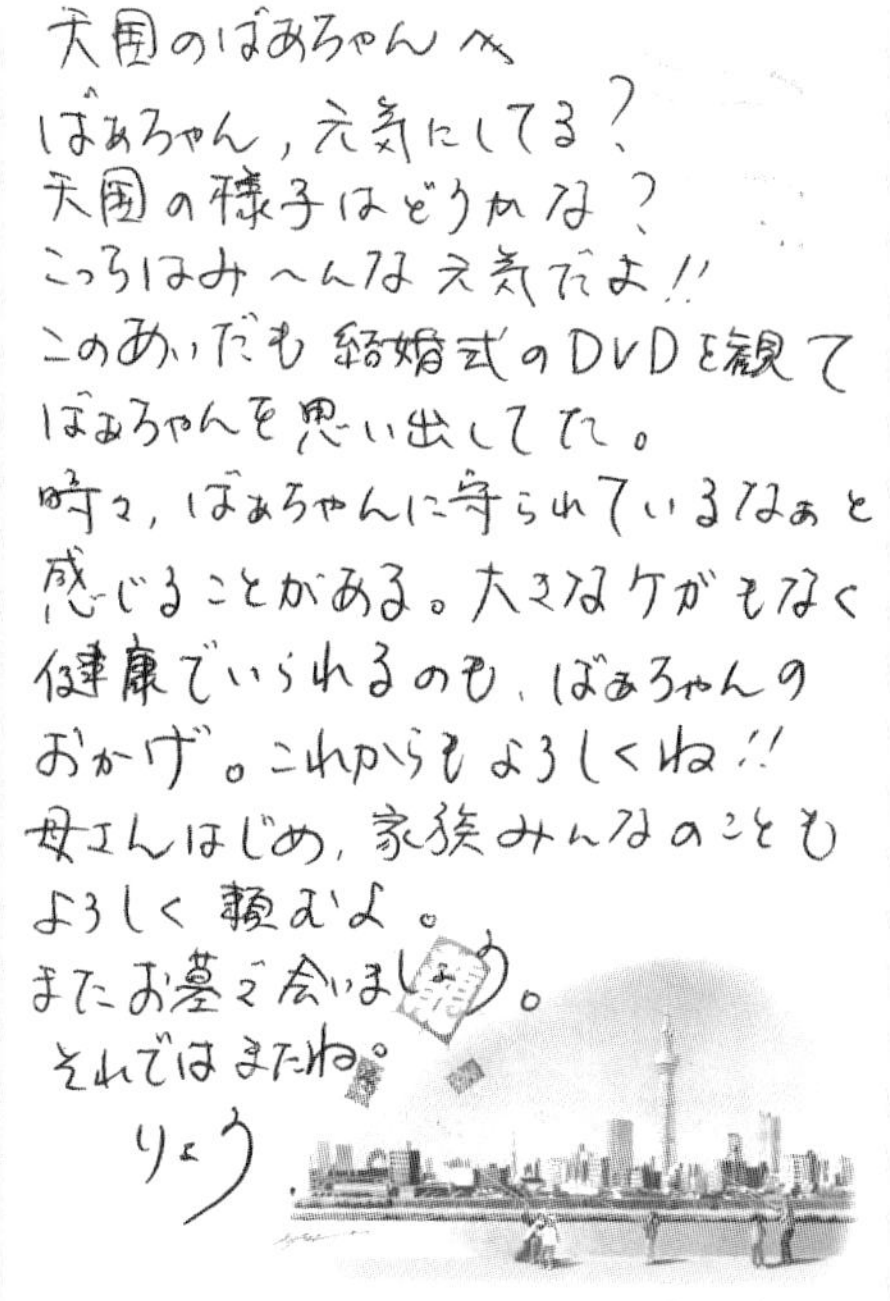
天国のばあちゃんへ
ばあちゃん，元気にしてる？
天国の様子はどうかな？
こっちはみ～んな元気だよ!!
このあいだも結婚式のDVDを観て
ばあちゃんを思い出してた。
時々，ばあちゃんに守られているなぁと
感じることがある。大きなケガもなく
健康でいられるのも，ばあちゃんの
おかげ。これからもよろしくね!!
母さんはじめ，家族みんなのことも
よろしく頼むよ。
またお墓で会いましょう。
それではまたね。
りょう

東京都「江戸風」金山 敏　画

天国のばあちゃんへ

ばあちゃん、元気にしてる？
天国の様子はどうかな？
こっちはみ～んな元気だよ!!
このあいだも結婚式のDVDを観て
ばあちゃんを思い出してた。
時々、ばあちゃんに守られているなぁと感じることがある。
大きなケガもなく健康でいられるのも、ばあちゃんのおかげ。
これからもよろしくね!!
母さんはじめ、家族みんなのこともよろしく頼むよ。
またお墓で会いましょう。
それではまたね。

りょう

おばあちゃんへ　　2015.12.14

おばあちゃんがあの世へ行ってしまって、もう10年以上が経ちます。長い月日が過ぎても、おばあちゃんの思い出は不思議と鮮明で、ほんの数ヶ月前のような気持ちになることもあります。

いつも夕日に向かって手を合わせたり、スーパーに買い物に行くと途中で自転車を止めてお茶とお菓子で休けいしたり、歩いて10分の所に住んでいても年に何通も手紙をくれたり。おばあちゃんの大らかさや愛情の深さに今更ながら気付くこともあります。おばあちゃんが見てくれている、そばにいる、とはあまり思わないけれど、おばあちゃんを思い出すことで、はげまされることはたくさんあります。おばあちゃんには私の結婚式に出てもらいたかったな。今年29歳になったあやより

おばあちゃんへ

2015.12.14

おばあちゃんがあの世へ行ってしまって、もう10年以上が経ちます。長い月日が過ぎても、おばあちゃんの思い出は不思議と鮮明で、ほんの数ヵ月前のような気持ちになることもあります。

いつも夕日に向かって手を合わせたり、スーパーに買い物に行くと途中で自転車を止めてお茶とお菓子で休けいしたり、歩いて10分の所に住んでいても年に何通も手紙をくれたり。

おばあちゃんの大らかさや愛情の深さに今更ながら気付くこともあります。おばあちゃんが見てくれている、そばにいる、とはあまり思わないけれど、おばあちゃんを思い出すことで、はげまされることはたくさんあります。おばあちゃんには私の結婚式に出てもらいたかったたな。

今年29歳になったあやより

2
COLUMN
コラム

おなかの赤ちゃんと一緒に天に昇ったあなたへ

母はあなたの「涙Tシャツ」を着て、前に進みます

「娘がデザインした『涙Tシャツ』というものがあるのですが……」

テレビで涙活のことを知って電話をくれたというYさんは、静かな口調でおっしゃいました。

２０１３年６月、最愛の娘、麻衣《まい》さんを亡くされたそうです。

27歳。妊娠９ヵ月でした。

ある日、急に「気分が悪い」と言い出した麻衣さんを、急いで病院に連れて行くと、「カゼ」と診断されました。ぐったりした様子と青白い顔色を心配しながらも、その診断にホッとした弘美《ひろみ》さんは、駆けつけた麻衣さんの夫とともに、点滴が終わるのを廊下の椅子で待っていました。

すると、突如、病室から叫び声が聞こえ、その場が慌ただしい気配に包まれました。

麻衣さんが吐血したというのです。なにが起きたのかわからず、おろおろと見守るしかない弘美さんたちの前で、急激に病状が悪化した麻衣さんは、そのまま帰らぬ人となってしまいました。

おなかの赤ちゃんは、緊急帝王切開で取りあげられ、少しのあいだ生きていましたが、すぐ麻衣さんのあとを追うように亡くなりました。

子供のころから絵が好きで、デザインの専門学校に行き、デザイン会社に就職して頑張っていた麻衣さん。葬儀のとき、棺桶には麻衣さんが使っていた画材をたくさん入れました。お気に入りだったキャラクターのぬいぐるみやウェディングドレスも。

麻衣さんは、その年の元旦に入籍したばかり。子どもが生まれたら結婚式をあげるつもりで、ウェディングドレスも用意していたのに、着ることはかなわなかったのです。

亡き娘の筆文字「涙」をみつけて

最愛の娘と、誕生を楽しみにしていた孫を同時に失ってしまった弘美さんは、それから毎日、泣いてばかりいました。時間の止まった真っ暗なトンネルのなかにいるようで、なにもできない日が続きました。

止まってしまった弘美さんの時計を、再び進めてくれたのは、麻衣さんの残した「涙」の字でした。デザインの専門学校に通っていた20歳のときの筆文字アートで、字の書き終わりがしたたり落ちる涙の形になっています。

「いまの私の心のなかみたい」

悲しいときに見る「涙」の文字は、不思議と心を癒してくれました。

麻衣さんのものを見ると、つらくなるからと避けていた日々。

ふと、「思い出から無理に離れる必要はないのかもしれない」と思えました。

「思い出さないようにしようとすると、余計につらくなる。あの子の思い出に寄り添って、それを心の支えにする生き方だってあるはずだ」と。「お母さん、しっかりして」という麻衣さんの声が聞こえたような気がしました。

弘美さんは、麻衣さんの残した「涙」の字で涙Tシャツを作ることを思い立ちます。出来上がったそのTシャツを着ていると、麻衣さんと一緒にいるような気がして落ち着きました。ご主人も、「いい字だな」と喜んでくれました。いまもお墓参りやお寺に行くときはそれを着ています。

ほかに「一輪の花」という筆文字アートやポップな女性の絵があったので、それらもTシャツにしました。麻衣さんの友達に配ったら、そのTシャツを着て家に遊びに来てくれるようになりました。

麻衣さんの作った「クルマに赤ちゃんが乗っていますステッカー」もみつけて、プリントアウトし、子どもはいないのに車に貼りつけました。「子どもが生まれるのを楽しみにしていたのに……」と思うと、また、涙が止まらなくなりました。

娘の最後の笑顔を写真コンテストに出品

弘美さんが最後に撮った麻衣さんの写真があります。

母親教室に行って大きなおなかを抱え、おなかに詰めものをした「妊婦体験」中の夫と笑い合っている写真です。この写真を撮った19時間後に、麻衣さんは天に召されてしまいました。

その写真を、地元である静岡県磐田市で開催された「笑顔の写真コンテスト」に出品しました。いまも磐田市のホームページにアップされています。写真のタイトルは「母親教室」になっていますが、本当のタイトルは「最後の笑顔」です。

このように麻衣さんの残したものに触れるうち、悲しみで閉ざされていた弘美さんの世界は、少しずつ拡がり始めました。

そんなある朝、テレビで涙活が紹介されているのを見て、私に冒頭の電話をくれたのです。「静岡からはなかなか参加できないので、涙Tシャツを涙活会場で飾るか、どなたかに着ていただけないでしょうか」とのことでした。

多くの人にご覧いただけるよう、涙Tシャツは涙活会場に飾らせていただきました。

「娘と私が一緒に涙活に参加している気持ちになれました」と、弘美さんはとても喜んでくださいました。その後、弘美さんは涙活イベントにもお越しになりました。

天国ポストに麻衣さん宛のハガキを投函したいけれど、いざハガキに向かうと、こみ上げてくるものがあって、まだ思いを文字にできないでいます。それでも、「いっぱい涙を流したら、何度だってふけばいいんだ」と思えるようになりました。

「涙Tシャツを着て、前に進んでいこうと思います」と話してくれました。

いつか、天国ポストに、弘美さんが書いた麻衣さんあてのハガキが投函されるといいなと思っています。

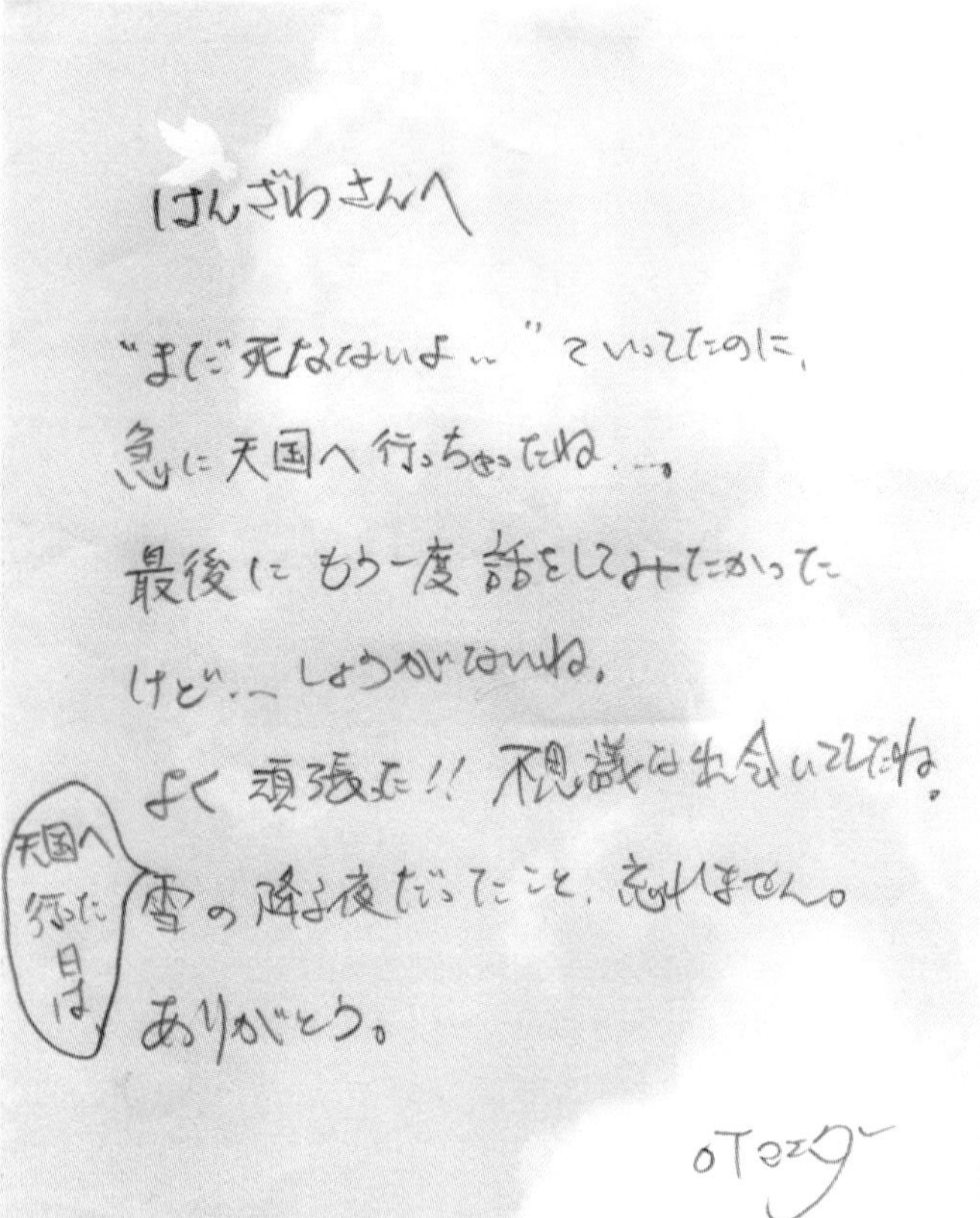
はんざわさんへ

"まだ死なないよ…"っていってたのに、
急に天国へ行っちゃったね…。
最後にもう一度話をしてみたかった
けど…しょうがないね。
よく頑張った!! 不思議な出会いでしたね。
天国へ行った日は
雪の降る夜だったこと、忘れません。
ありがとう。

はんざわさんへ

〝まだ死なないよ……〟ていってたのに、
急に天国へ行っちゃったね……。
最後にもう一度話をしてみたかった
けど……しょうがないね。
よく頑張った!!
不思議な出会いでしたね。
天国へ行った日は、
雪の降る夜だったこと、忘れません。
ありがとう。

マエダ

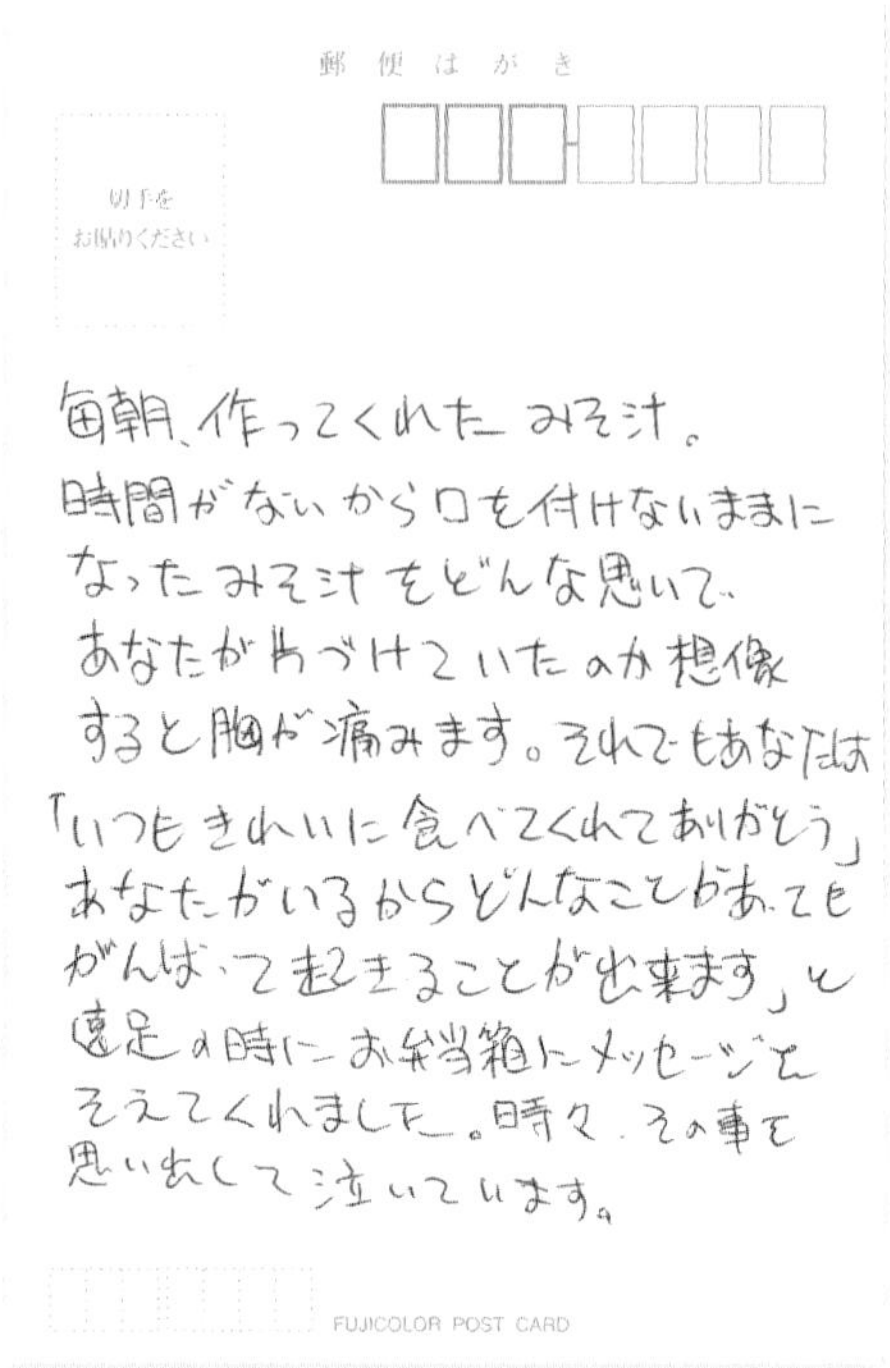
郵便はがき

切手をお貼りください

毎朝、作ってくれたみそ汁。
時間がないから口も付けないままに
なったみそ汁をどんな思いで
あなたが片づけていたのか想像
すると胸が痛みます。それでもあなたは
「いつもきれいに食べてくれてありがとう」
あなたがいるからどんなことがあっても
がんばって起きることが出来ます」と
遠足の時にお弁当箱にメッセージを
そえてくれました。時々、その事を
思い出して泣いています。

FUJICOLOR POST CARD

毎朝、作ってくれたみそ汁。
時間がないから
口も付けないままになったみそ汁を
どんな思いであなたが
片づけていたのか
想像すると胸が痛みます。
それでもあなたは
「いつもきれいに食べてくれて
ありがとう
あなたがいるから
どんなことがあっても
がんばって起きることが出来ます。」
と遠足の時にお弁当箱に
メッセージをそえてくれました。
時々、その事を思い出して
泣いています。

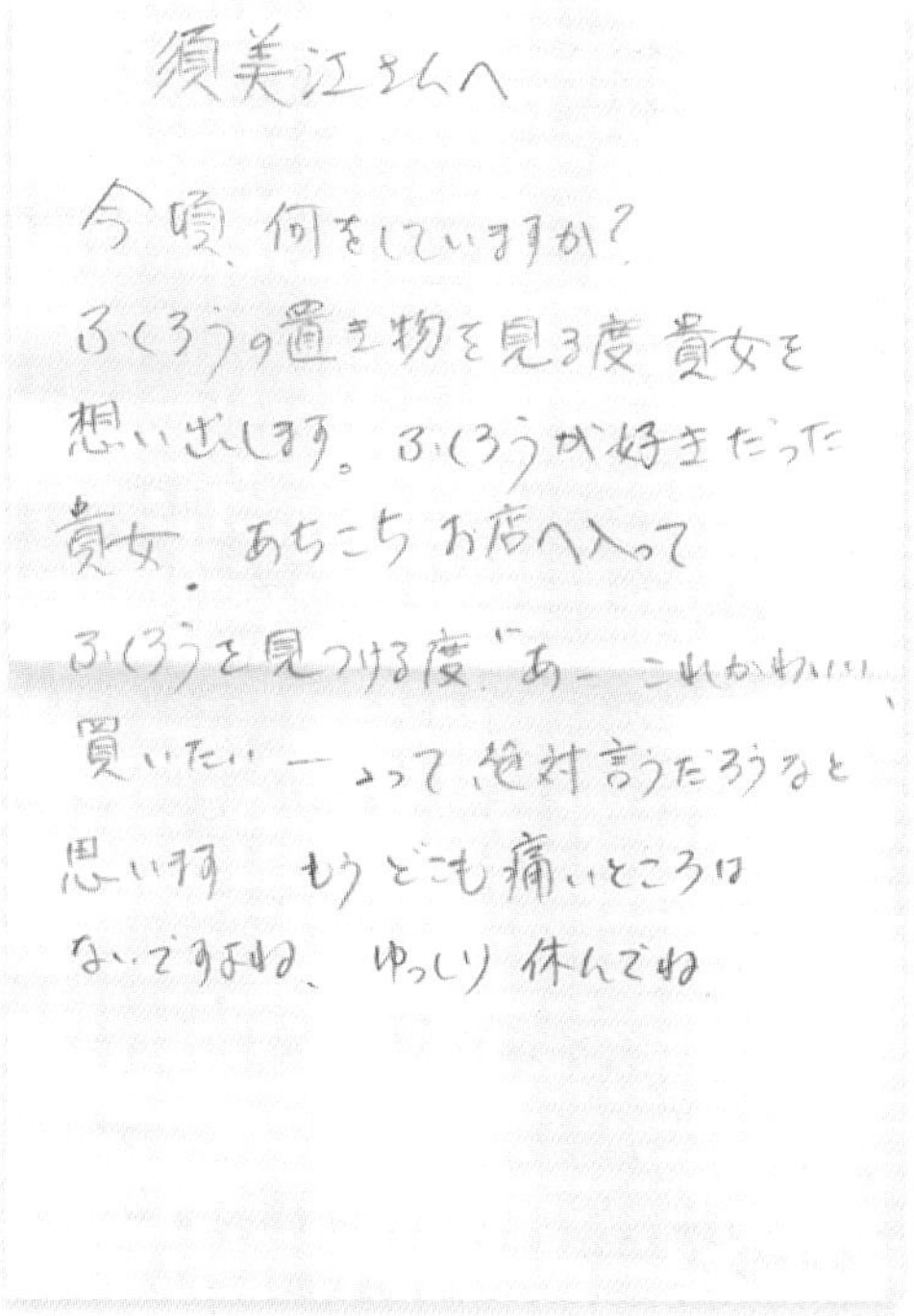
須美江さんへ

今頃 何をしていますか?
ふくろうの置き物を見る度 貴女を
想いだします。ふくろうが好きだった
貴女 あちこち お店へ入って
ふくろうを見つける度"あー これかわいい、
買いたい ーって 絶対言うだろうなと
思います もうどこも痛いところは
ないですよね、ゆっくり 休んでね

須美江さんへ

今頃、何をしていますか?

ふくろうの置き物を見る度、貴女を想い出します。ふくろうが好きだった貴女。あちこちお店へ入ってふくろうを見つける度「あーこれかわいい買いたいー」って絶対言うだろうなと思います。もうどこも痛いところはないですよね。ゆっくり休んでね。

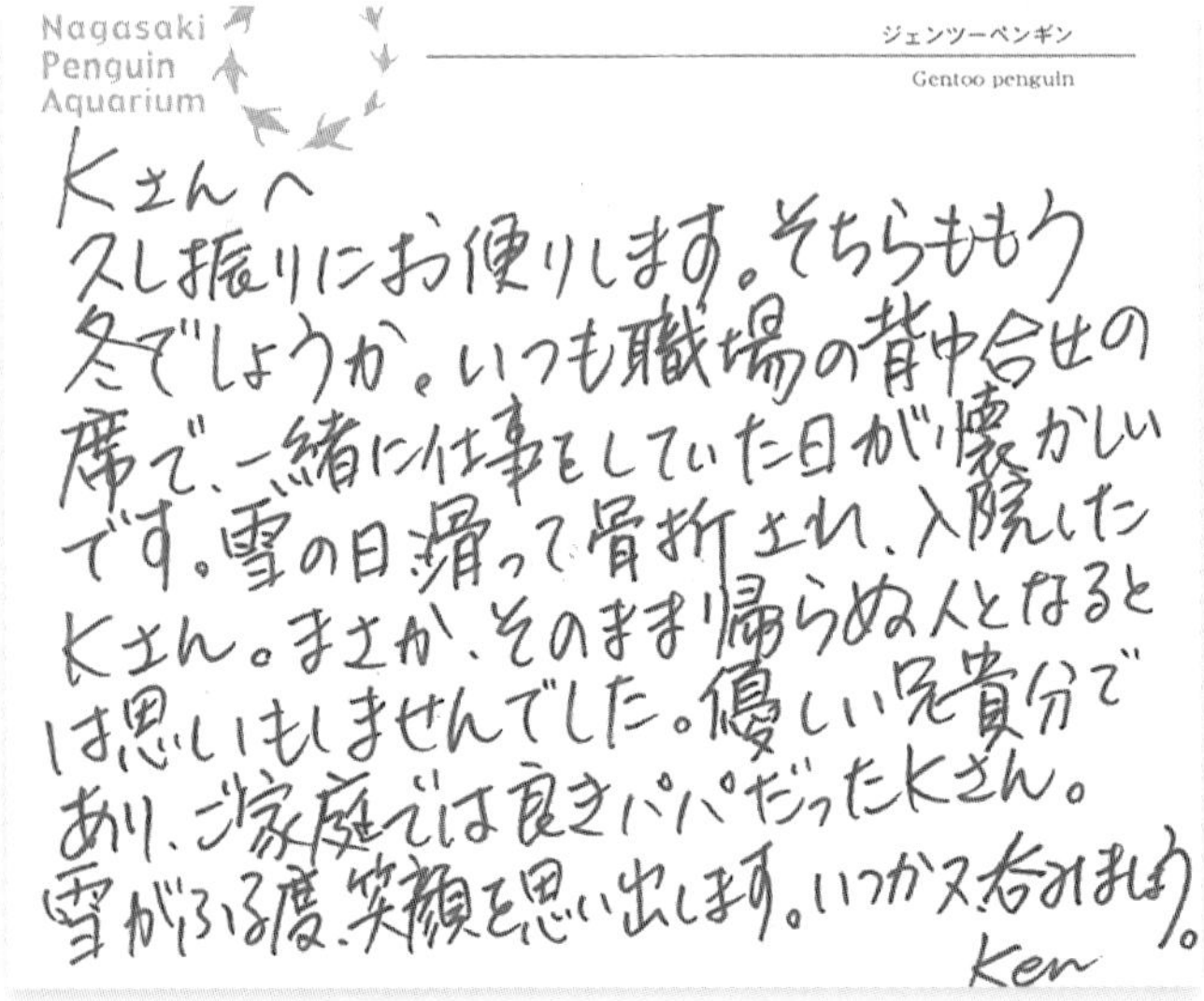

Kさんへ
久し振りにお便りします。そちらももう冬でしょうか。いつも職場の背中合せの席で、一緒に仕事をしていた日が懐かしいです。雪の日滑って骨折され、入院したKさん。まさか、そのまま帰らぬ人となるとは思いもしませんでした。優しい兄貴分であり、ご家庭では良きパパだったKさん。雪がふる度、笑顔を思い出します。いつか又呑みましょう。
Ken

Kさんへ

久し振りにお便りします。そちらも、もう冬でしょうか。いつも職場の背中合せの席で、一緒に仕事をしていた日が懐かしいです。雪の日滑って骨折され、入院したKさん。まさか、そのまま帰らぬ人となるとは思いもしませんでした。優しい兄貴分であり、ご家庭では良きパパだったKさん。雪がふる度、笑顔を思い出します。いつか又呑みましょう。

Ken

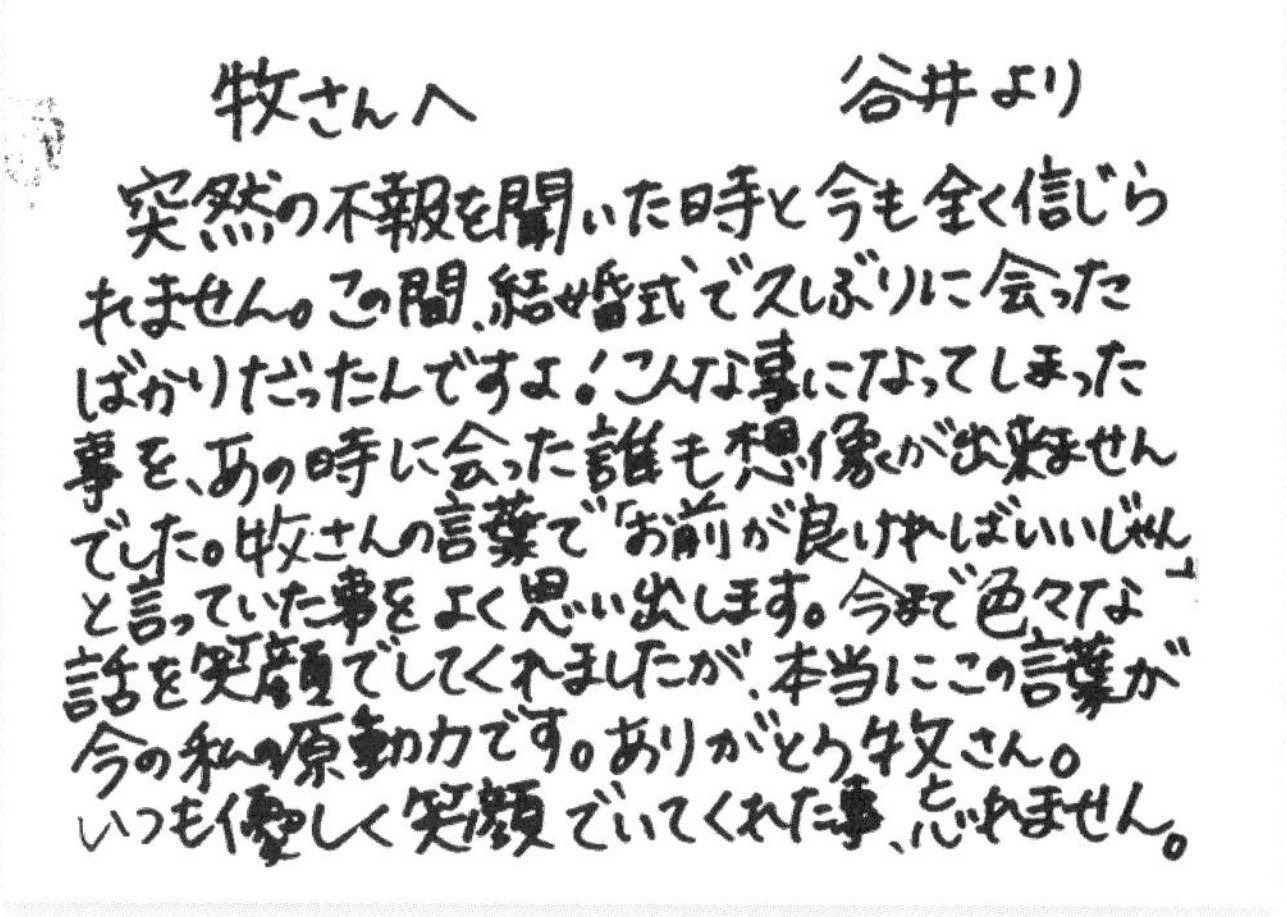
牧さんへ　谷井より
突然の不報を聞いた時と今も全く信じられません。この間、結婚式で久しぶりに会ったばかりだったんですよ！こんな事になってしまった事を、あの時に会った誰も想像が出来ませんでした。牧さんの言葉で「お前が良ければいいじゃん」と言っていた事をよく思い出します。今まで色々な話を笑顔でしてくれましたが、本当にこの言葉が今の私の原動力です。ありがとう牧さん。いつも優しく笑顔でいてくれた事、忘れません。

牧さんへ

突然の訃報を聞いた時と今も全く信じられません。この間、結婚式で久しぶりに会ったばかりだったんですよ！　こんな事になってしまった事を、あの時に会った誰も想像が出来ませんでした。牧さんの言葉で「お前が良ければいいじゃん」と言っていた事をよく思い出します。今まで色々な話を笑顔でしてくれましたが、本当にこの言葉が今の私の原動力です。ありがとう牧さん。いつも優しく笑顔でいてくれた事、忘れません。

谷井より

関口先生

こんにちは、Bクラでお世話になりました川口です!
お久しぶりです。2年ぶりくらいとなりますでしょうか
先生お元気でいらっしゃいますか?
夏に全快したらまた会いましょう!のつもりでいたので
その夏に先生の他界のご連絡を頂いたときには
本当に驚いたんですよ!
呑気にDVDやら漫画に猫のマグネットなんて
送ってしまって…ただ猫の方は先生に似ていませんでしたか?
インドで見つけて、つい買ってしまいましたものです。
私は先生はまだ鴨居の川べりあたりに
いらっしゃるような気がします。
南国風ともいえぬ素敵なシャツを着て
濃い眉の下でニヤリと笑っている関口先生がすぐ浮かびます。
やはり…ナンセンスの帝王の称号は先生のものです。
そういえば、今年の春勝又さんが結婚しましたよ!
とっても綺麗でしたよ。韓流女優のようで!
しかし、もしかしたら先生の方が近くで見ていたかもしれませんね。
私も次はよいご報告ができるよう精進いたします!
そちらで先生もそろそろ暇をしていらっしゃるような気もします。
今度もしお時間がありましたら
夢の中にぜひ遊びにいらして下さい!
またお手紙を書かせて頂きます!
それでは また、失礼いたします!

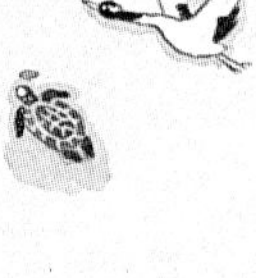

川口

関口先生

こんにちはBクラでお世話になりました川口です！

お久しぶりです。２年ぶりくらいとなりますでしょうか。

先生お元気でいらっしゃいますか？

夏に全快したらまた会いましょう！のつもりでいたので、その夏に先生の他界のご連絡を頂いたときは本当に驚いたんですよ！

呑気にＤＶＤやら漫画に猫のマグネットなんて送ってしまって……ただ猫の方は先生に似ていませんでしたか？

インドで見つけて、つい買ってしまいましたものです。

私は先生はまだ鴨居の川べりあたりにいらっしゃるような気がします。

南国風ともいえぬ素敵なシャツを着て濃い眉の下でニヤリと笑っている関口先生がすぐ浮かびます。

やはり……ナンセンスの帝王の称号は先生のものです。

そういえば、今年の春、勝又さんが結婚しましたよ！

とっても綺麗でしたよ。韓流女優のようで！

しかし、もしかしたら先生の方が近くで見ていたかもしれませんね。

私も次はよいご報告ができるよう精進いたします！

そちらで先生もそろそろ暇をしていらっしゃるような気もします。

今度もしお時間がありましたら
夢の中にぜひ遊びにいらして下さい！

またお手紙を書かせて頂きます！

それではまた、失礼いたします！

川口

3
COLUMN
コラム

生んでくれてありがとう

震災の悲しみを超えて、命は脈々とつながっている

阪神・淡路大震災から、今年で21年。

「どれだけ時間がたっても、気持ちに区切りはつけられない」

母・浦田《うらた》明美《あけみ》さんが見つめる写真額のなかで、もの言わぬ女性がほほ笑んでいます。19歳でこの世を去った長女の智美《ともみ》さんです。

最後に智美さんの笑顔を見たのは震災の2日前でした。3人兄弟のなかでも、とくに手のかかる娘だった智美さん。高校を中退して家出をくり返し、18歳のときに「子供ができたから結婚する」と言い出したのです。相手は2つ年上の男性でした。父・五男《いつお》さんは激怒し、売り言葉に買い言葉で、智美さんは本格的に家を出てしまいました。

絶縁していた娘と孫との久しぶりの対面

明美さんがなにかとサポートするなか、19歳になった智美さんは元気な女の子を出産。赤ちゃんは「楓香《ふうか》」と名づけられ、年若い夫婦の懸命の子

育てが始まりました。五男さんは、孫にも会おうとせず、絶縁状態が続いていました。

平成7年1月15日、智美さんが成人式に出るため、生後4ヵ月の楓香ちゃんを預けに実家を訪れたときも、五男さんは顔を合わせないまま。式を終え、帰ろうとした智美さんを、明美さんが引き留めました。

「お父さんにあいさつしていき」

久しぶりの親子の対面。

息詰まるような時間のなか、五男さんが口を開きました。

「智美、やせたな。無理してるんとちゃうか」

思いがけないやさしい言葉に、智美さんは堰を切ったように泣きじゃくりました。「いままで心配かけてごめん」と謝りながら。

その日の夕方、五男さんが楓香ちゃんを抱き、智美さんを送って親と子と孫で駅まで歩きました。「また遊びに来てもいい？」という智美さんに、「甘えんなよ」と言いながらも、嬉しそうな五男さん。やっともとの親子に戻れる。そして、私たちはおじいちゃんとおばあちゃんになれたんだ」と、智美さんは喜びをかみしめました。

娘亡きあと、祖父母が娘の子どもを親として育て

その2日後、智美さんの住む地域を震災が襲ったのです。

智美さんと連絡がとれないまま、五男さんと明美さんが住まいに駆けつけると、そこは瓦礫の山。避難所になっていた病院で必死に探していると、ふいに赤ちゃんの泣き声が聞こえました。

「もしや」とごった返す人のなかを声のほうへ駆け寄ると、泣きじゃくる孫を抱いた娘の夫がいました。「智美は？」と聞くと、彼は「まだ」と力なく告げました。がれきのなかから救出された彼は足と頭に大けがを負い、治療を待っているところでした。

2日後、智美さんの遺体がみつかりました。重傷を負った娘の夫に代わり、明美さんたちは、奇

跡的に無傷だった楓香ちゃんを引き取ることになりました。

「涙を流す時間もない」ほど、育児に追われ、足りない粉ミルクやおむつ、衣類を探し回る日々。そのなかで1歳を迎えた楓香ちゃんは、話し合いの結果、浦田家の養女となりました。それから1年ほど経つころには、実の父は姿を見せなくなり、なにも知らない孫娘は、自然に祖父母を父母と思って育ったのです。

「大きくなったら真実を伝えよう」と心に決め、夫妻は〝両親〟として、長男と次女は〝兄妹〟として、楓香ちゃんに愛情を注ぎました。

お姉さん「ともちゃん」は実のお母さん

楓香ちゃんが幼稚園にあがるころ、智美さんの写真をみて、「お母さん、この人誰?」と聞いたことがあります。明美さんは、「あなたの一番上のお姉さん。智美っていうの。大きな地震に遭って、いまはお空にいるよ」と答えました。それから楓香ちゃんは、お空にいる智美さんのことを「ともちゃん」と呼ぶようになりました。

楓香ちゃんが小学3年生のとき、授業参観に行った明美さんの耳に、子どもたちの会話が聞こえてきましたた。

「あの人、楓香のおばあちゃん?」

「えっ、お母さん? ほんまに?」

周りの保護者に比べ、自分だけ年が離れていることは明らかでした。「そろそろかな」と夫と相談し、真実を伝えることにしました。

「楓香、話があるんや」

明美さんはすべてを話しました。自分たちは祖父母であること。亡くなった「姉」が実の母だということ……。

「これからは、おばあちゃんと呼んでええよ」

コタツに足を入れたまま、きょとんとした表情の楓香ちゃんは言いました。

「お母さんは、お母さんやん」

どんな反応を示すか不安で仕方なかっただけに、その淡々とした口ぶりに全身の力が抜けた明美さん。〝親子〟の関係はなにも変わりませんでした。父と母と娘。浦田家にとっては、それが自然な形だったのです。それ以後、楓香ちゃんが、自分から実の父母について口にすることはありませんでした。

孫娘の成長とともに、時間のゆとりができ始めた明美さんは、ひとりでいるときなど、ふと智美さんのことを思い出し、寂しさが込み上げることが増えました。

写真を見ていると、最後に会った日の笑顔がよみがえり、涙があふれます。

「代わりになってあげたかった」

その想いから、「智美に出来なかったことを楓香に」と、五男さんは還暦後も仕事を続け、明美さんもパートをして学費を工面しました。

「ともちゃん私を生んでくれてありがとう」

高校を卒業し、短大に通い始めた楓香さん。遅い帰宅が増えたのが心配の種ですが、そんなときは亡き娘にお願いします。

「智美、楓香を守ってね」

高校のときは遠い存在だった娘と、いまは不思議と心が通じるように感じます。

楓香さんが19歳になると、「止まったままの智美の年齢を超えようとしているんだ」と、明美さんの胸には熱いものが込み上げました。

レインボーハウス（親を亡くした子どもたちのためのケアセンター）での追悼式で、楓香さんは、誰にも語らずに来た亡き母への思いを手紙にして読みあげました。

「ともちゃんから見て、私はどんなふうに成長しているでしょうか?
物心ついたとき、ともちゃんはもういなかったので、なんだか不思議な気持ちになったのを覚えています。おじいちゃん・おばあちゃんには本当に迷惑をかけていて、感謝してもしきれません。
この家族でいられて本当に幸せです。将来の夢はまだ決まっていませんが、少しでも自分と同じ境遇の子どもたちを笑顔にできる人になりたいと思っています。
ともちゃん、私を産んでくれて、本当にありがとう」

あふれる涙をぬぐう明美さん。大切な人を失った悲しみに区切りはないけれど、「それでもいい」と思えるようになりました。「悲しみもつらさも後悔も、智美が私たちと一緒に生きて来た証なのだから」と。

「いまは、受け継がれた命を見守りながら生きていく」

楓香さんが成人式を迎えた今年、そんな思いを智美さんに伝えようと、明美さんは天国ポストに手紙を投函してくれました。

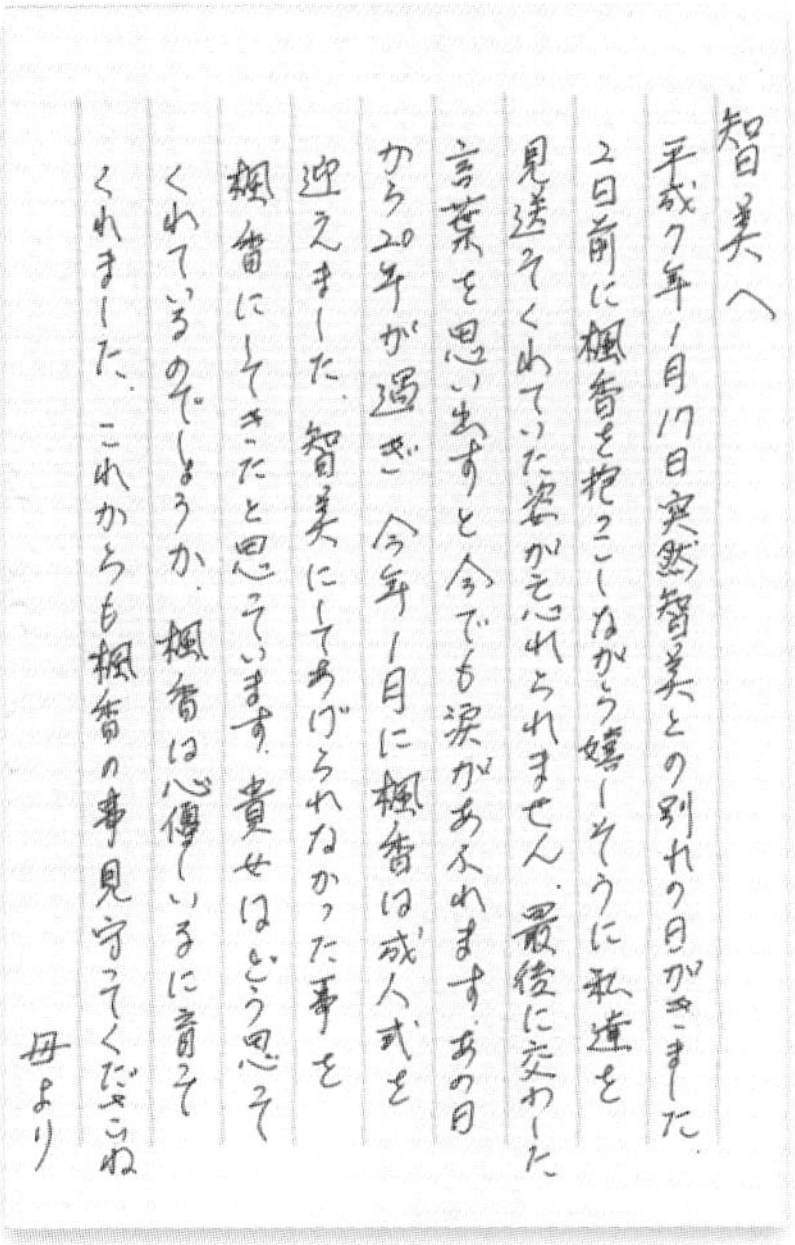
智美へ
平成7年1月17日突然智美との別れの日が来ました.
2日前に楓香を抱っこしながら嬉しそうに私達を
見送ってくれていた姿が忘れられません. 最後に交わした
言葉を思い出すと今でも涙があふれます. あの日
から20年が過ぎ今年1月に楓香は成人式を
迎えました. 智美にしてあげられなかった事を
楓香にしてきたと思っています. 貴女はどう思って
くれているのでしょうか. 楓香は心優しい子に育って
くれました. これからも楓香の事見守ってくださいね
母より

智美へ

平成7年1月17日、突然智美との別れの日が来ました。

2日前に楓香を抱っこしながら嬉しそうに私達を見送ってくれていた姿が忘れられません。最後に交わした言葉を思い出すと今でも涙があふれます、あの日から20年が過ぎ、今年1月に楓香は成人式を迎えました。智美にしてあげられなかった事を楓香にしてきたと思っています。貴女はどう思ってくれているのでしょうか。楓香は心優しい子に育ってくれました。これからも楓香の事見守ってくださいね。

母より

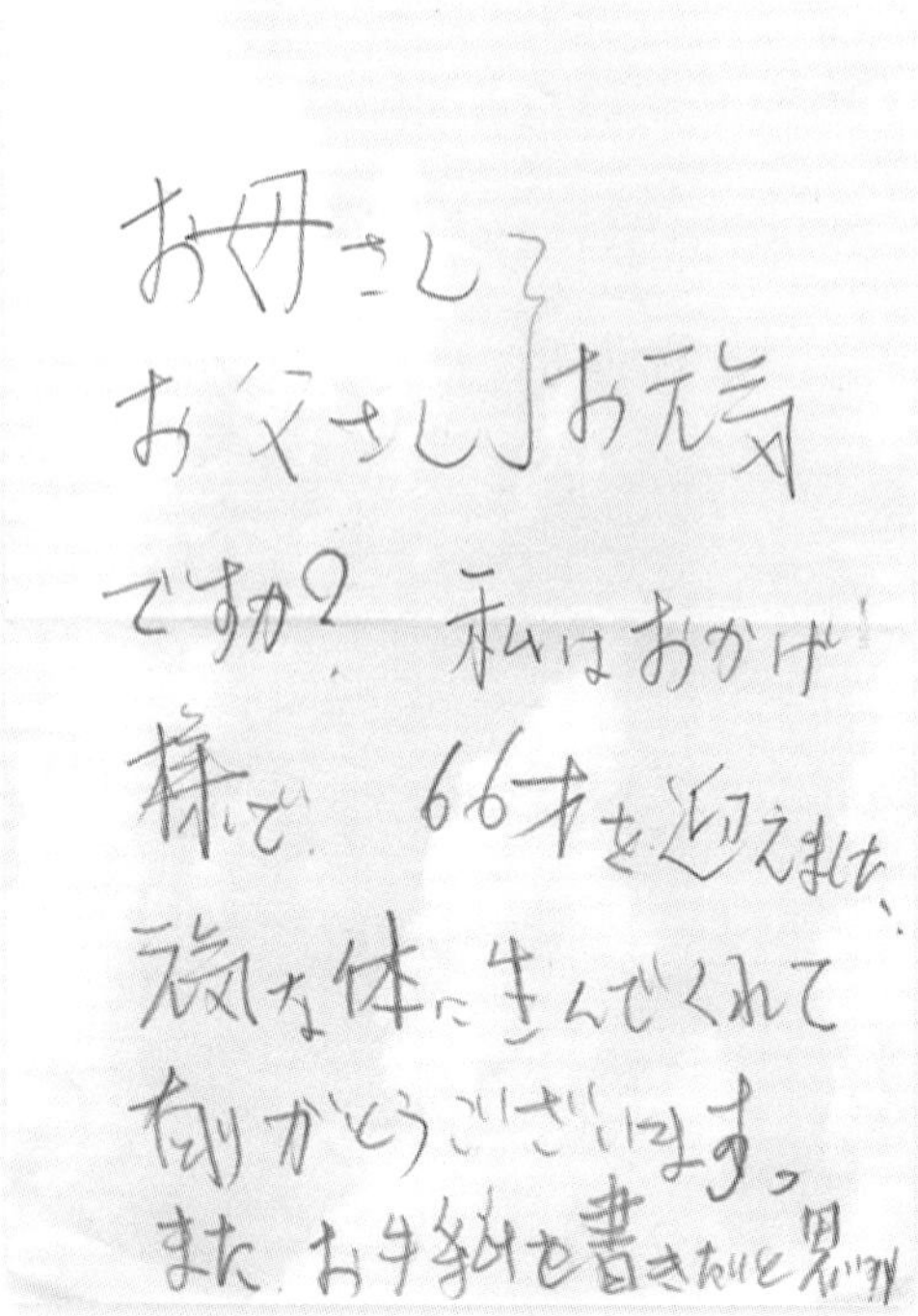
お母さん
お父さん お元気
ですか? 私はおかげ
様で 66才を迎えました。
元気な体に生んでくれて
有りがとうございます。
また お手紙を書きたいと思います

お母さん
お父さん

お元気ですか?
私はおかげ様で66才を迎えました。
元気な体に生んでくれて
有りがとうございます。
また、お手紙を書きたいと思います。

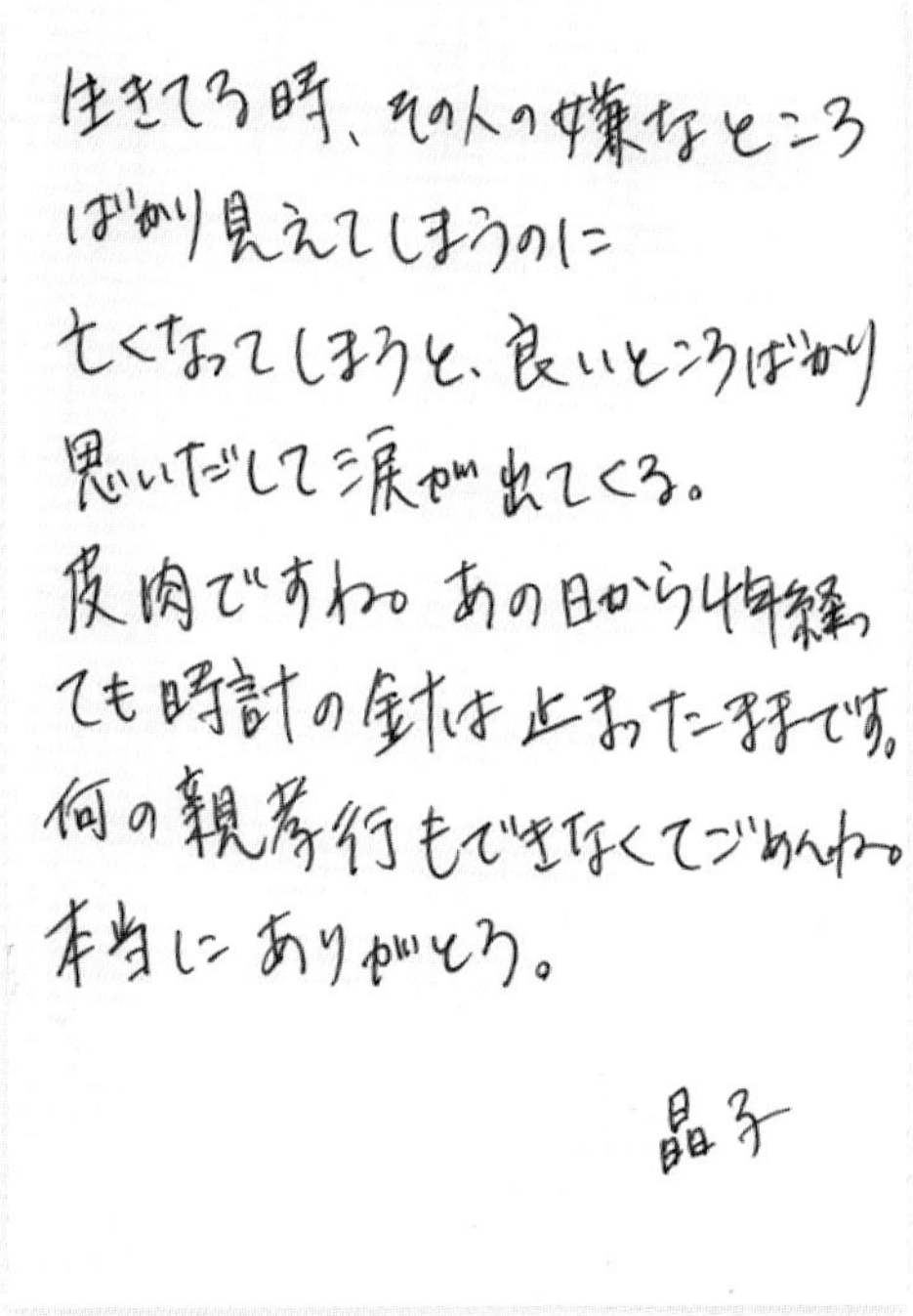
生きてる時、その人の嫌なところ
ばかり見えてしまうのに
亡くなってしまうと、良いところばかり
思いだして涙が出てくる。
皮肉ですね。あの日から4年経っ
ても時計の針は止まったままです。
何の親孝行もできなくてごめんね。
本当にありがとう。

晶子

生きてる時、
その人の
嫌なところばかり見えてしまうのに
亡くなってしまうと、
良いところばかり思い出して
涙が出てくる。
皮肉ですね。
あの日から
4年経っても
時計の針は止まったままです。
何の親孝行もできなくてごめんね。
本当にありがとう。

晶子

ママへ、パパへ

会いたい…会いたい！

でもね…いつもいてくれてるよね。

時々夢を見ます。

いろいろ片付けなさい！ 洗たくすんだの？

ごはんは？ いっぱい言われて…

でも最後は 笑ってくれてるよね!!

苦笑いもあるけど…！

会いたいけど、あんまり思わないようにします。

見守ってね！

MIDORI

ママへ　パパへ

会いたい……会いたい！
でもね……いつもいてくれてるよね。
時々、夢を見ます。
いろいろ片付けなさい！
洗たくすんだの？
ごはんは？
いっぱい言われて……
でも最後は笑ってくれてるよね!!
苦笑いもあるけど……！
会いたいけど、
あんまり思わないようにします。
見守ってね！

もう会えなくなってしまったあなたへ

まだ私が就職したばかりの頃。仕事で一度だけ行ったことを覚えています。

上司に連れられて歩いた街。お世話になった宿の方や、ご飯屋さんのおかみさん。

素敵な笑顔とあたたかいおもてなしをありがとうございました。


まさか地震でみんな無くなってしまうだなんて…。

あなたは覚えていないかもしれないけれど、たった一度だけでも生きている時にお会いできて良かったです。

出会えたことに感謝。

あなたのおかげで今という時間の大切さを実感しました。私も自分の人生を精一杯生きたいと思います。ありがとうございます。

ご冥福をお祈り致します。

あやこ

もう会えなくなってしまったあなたへ

まだ私が就職したばかりの頃。
仕事で一度だけ行ったことを覚えています。
上司に連れられて歩いた街。
お世話になった宿の方や、ご飯屋さんのおかみさん。
素敵な笑顔とあたたかいおもてなしを
ありがとうございました。
まさか地震で
みんな無くなってしまったなんて……。
あなたは覚えていないかもしれないけれど、
たった一度だけでも
生きている時にお会いできて良かったです。
出会えたことに感謝。
あなたのおかげで、
今という時間の大切さを実感しました。
私も自分の人生を精一杯生きたいと思います。
ありがとうございます。
ご命福をお祈り致します。

あやこ

お父さんへ
どうしてますか？
亡くなってからもう17年の月日が流れたね。お父さんが亡くなる時、"後悔のないように毎日をたいせつに生きるように"ということを身をもって教えてくれたよね。時々、そのことを忘れてしまいそうになるんだけど、こうして手紙や日記を書くことで思いだしたりしてます。
私も年齢だけは一人前の大人になってしまって…。だけど時々お父さんに甘えることができたらなって思うよ。

お酒でも飲みながら愚痴の1つでも聞いてもらえたらいいのになって。だけど、今はむずかしいからもう少し先におねがいね。

生きてる間は、避けてしまった時期があったりして言えなかったけれど、お父さん、本当に有難う!!
短い時間だったけれど、いろんなことをおしえてくれて、育ててくれたよね。
また会えると信じて…。

朋子より

お父さんへ

どうしてますか？

亡くなってかたもう17年の月日が流れたね。お父さんが亡くなる時〝後悔のないように毎日をたいせつに生きるように〟ということを身をもって教えてくれたよね。時々、そのことを忘れてしまいそうになるんだけど、こうして手紙や日記を書くことで思いだしたりしてます。

　私も年齢だけは一人前の大人になってしまって……。だけど時々お父さんに甘えることができたらなって思うよ。お酒でも飲みながら愚痴の1つでも聞いてもらえたらいいのになって。

だけど、今はむずかしいからもう少し先におねがいね。


　生きてる間は、避けてしまった時期があったりして言えなかったけれど、お父さん、本当に有難う!!

　短い時間だったけれど、いろんなことをおしえてくれて、育ててくれたよね。

　また会えると信じて……。

朋子より

4
COLUMN
コラム

台湾からの応援メッセージが届きました

大地震の悲劇を乗り越え、友情を育む日本と台湾その交流の証が天国ポストに投函されました

1999年9月21日、台湾の中部でマグニチュード7・7の大地震が起こりました。そのとき、日本からは救助隊がいち早く駆けつけ、多額の義援金も送りました。

そのお返しの意味も込めて、2011年の東日本大震災のときには、台湾が迅速に多額の寄付と人的支援をしてくれました。

日本とそんな結びつきをもつ台湾で、私は2015年8月、出張涙活を行いました。泣ける動画には中国語の訳をつけ、泣語《なくご》（泣ける話に特化した人情噺）も中国語で披露したところ、台湾の人たちはかなり泣いてくれました。

涙友タイム（涙活後の交流タイム）では、「思い切り泣くとホントにスッキリしますね」、「男が泣くとみっともないといわれるのは日本と同じです」、「台湾ではこんな泣ける映画がはやっていますよ」などといった話で盛り上がりました。

中国や韓国で有名な泣き女（葬儀に現れて号泣する女性。かつては日本にもいたとされる）は、台湾の一部にもいるそうです。そのうち、冒頭の地震の話題が出て、台湾と日本の死者を悼むため、涙活に出席した人が天国ポストに入れる手紙を書いてくれました。

その人は、「天国にはきっと国境もなく、世界じゅうの人々が手を取り合って仲よく暮らすことができるのでしょう」と言っていました。

台湾に行ったとき、たまたま珍しい「明るい葬儀」

に出会いました。台湾全体の一般的な葬儀ではないのですが、ある業者さんのアイデアで行っていたもので、ミニスカートの女性の鼓笛隊が棺桶の周りを回りながら演奏し、明るく盛り上げるのです。

それに衝撃を受けた私は、今年から日本で「涙あふれる笑顔葬」というものを始めることにしました。

大切な人を亡くしたら、つらくて悲しくて涙があふれます。けれども、涙だけではなく、いっとき明るく盛り上げて、最後は笑顔で（たとえ泣き笑いでも）見送る葬儀があってもいいのではないかと思ったからです。自分なら、そんなふうに見送られたいという願いを込めたプランでもあります。

台湾から寄せられた天国ポストへの手紙は、私にとっても、日本と台湾との友情を再認識させてくれ、この新しい葬儀スタイルをスタートさせる勇気を与えてくれました。

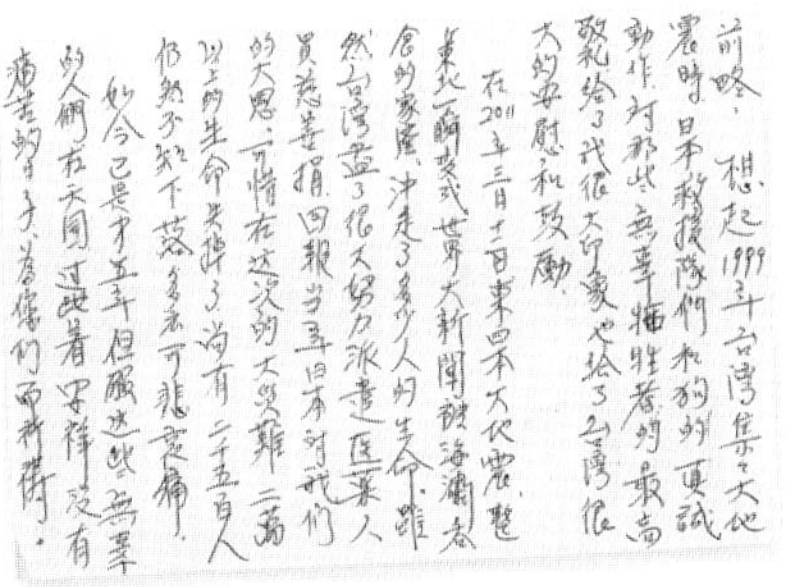
前略，想起1999年台灣集集大地
震時，日本救援隊們和狗的真誠
動作，對那些無辜犧牲者的最高
敬禮，給了我很大印象，也給了台灣很
大的安慰和鼓勵。
在2011年三月十一日東日本大地震，整
東北一瞬變成世界大新聞，被海潮吞
食的家屋，沖走了多少人的生命，雖
然台灣盡了很大努力派遣醫藥人
員、義善捐，回報當年日本對我們
的大恩，可惜在這次的大災難，二萬
以上的生命失掉了，尚有二千五百人
仍然不知下落，多麼可悲悲痛。
如今已是第五年，但願這些無辜
的人們在天國過著安祥沒有
痛苦的日子，為你們而祈禱。

台湾からの手紙（日本語訳）

1999年の台湾・集集鎮での地震の際に、日本の救援隊の方たちと救助犬は、真摯な活動を通じて無辜の犠牲者に対し、最高の礼を尽くしてくれました。そのことは、私に大きな印象を残しました。同時に、台湾に対しても、慰めと励ましを与えてくれました。

2011年3月11日の東日本大震災は、日本の東北地方全体を、一瞬にして世界中のニュースの的に変えました。津波に飲み込まれた家や財産、押し流された沢山の人の命。台湾は、力の限りを尽くして医薬品や救援隊、義捐金などを送り、かつて日本から私たちが受けた大きな恩に報いようとしました。しかし残念ながら、この度の大災害で、2万人以上の人命が失われてしまいました。そして、いまなお2500人の方が行方不明のままであることは、とても悲しいことです。あれから5年が経ち、無辜の人々が天国で安らかで苦痛の無い日々を過ごされている事を、願ってやみません。皆様に祈りを捧げます。

お父さん、見てくれていますか。

寂しくない？

みんな瓦礫の中から立ち上がってきました。

5年の歳月は長いようで、あっという間のようで。

あの時は私も今すぐお父さんのところに行きたい思ったけど、今は自分が出来ることを探して少しずつやっています。

また、手紙書くね。

陽介

お父さん、見てくれていますか。

寂しくない？
みんな瓦礫の中から立ち上がってきました。
5年の歳月は長いようで、
あっという間のようで。
あの時は私も今すぐお父さんのところに行きたい
思ったけど、今は自分が出来ることを探して
少しずつやっています。
また、手紙書くね。

陽介

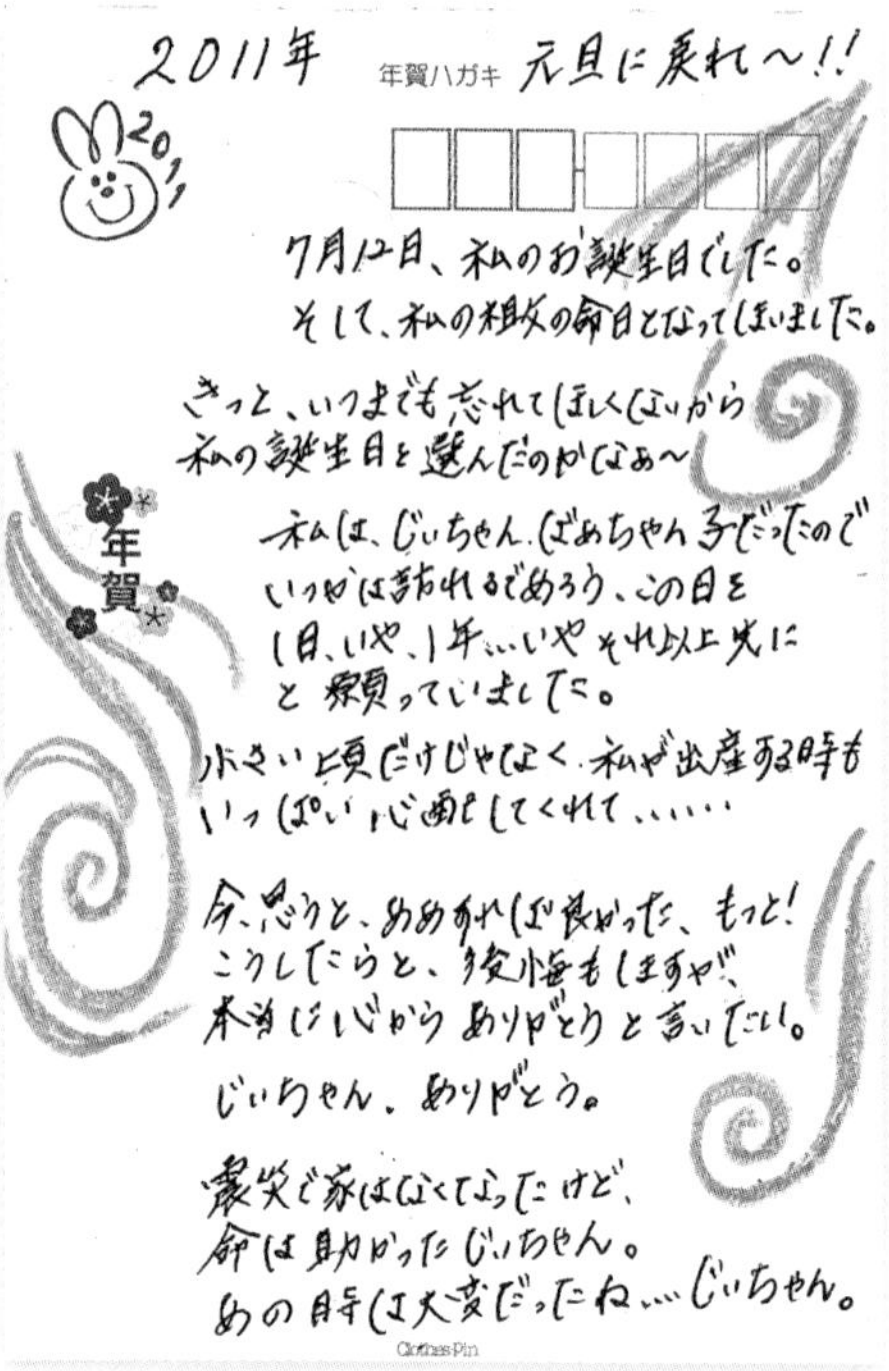
2011年 年賀ハガキ 元旦に戻れ～!!
7月12日、私のお誕生日でした。
そして、私の祖父の命日となってしまいました。
きっと、いつまでも忘れてほしくないから
私の誕生日を選んだのかなぁ～
私は、じいちゃん、ばあちゃん子だったので
いつかは訪れるであろう、この日を
1日、いや、1年……いやそれ以上先に
と願っていました。
小さい頃だけじゃなく、私が出産する時も
いっぱい心配してくれて……
今、思うと、ああすれば良かった、もっと!
こうしたらと、後悔もしますが、
本当に心からありがとうと言いたい。
じいちゃん、ありがとう。
震災で家はなくなったけど、
命は助かったじいちゃん。
あの時は大変だったね…じいちゃん。
Clothes-Pin

2011年元旦に戻れ～!!

7月12日、私のお誕生日でした。
そして、私の祖父の命日となってしまいました。
きっと、いつまでも忘れてほしくないから
私の誕生日を選んだのかなあ～
私は、じいちゃん、ばあちゃん子だったのでいつかは訪れるであろう、
この日を1日、いや、1年……
いや、それ以上先にと願っていました。
小さい頃だけじゃなく、
私が出産する時も
いっぱい心配してくれて……
今、思うと、
ああすればよかった、もっと！
こうしたらと、後悔もしますが、
本当に心からありがとうと言いたい。
じいちゃん、ありがとう。
震災で家はなくなったけど、
命は助かったじいちゃん。
あの時は大変だったね……じいちゃん。

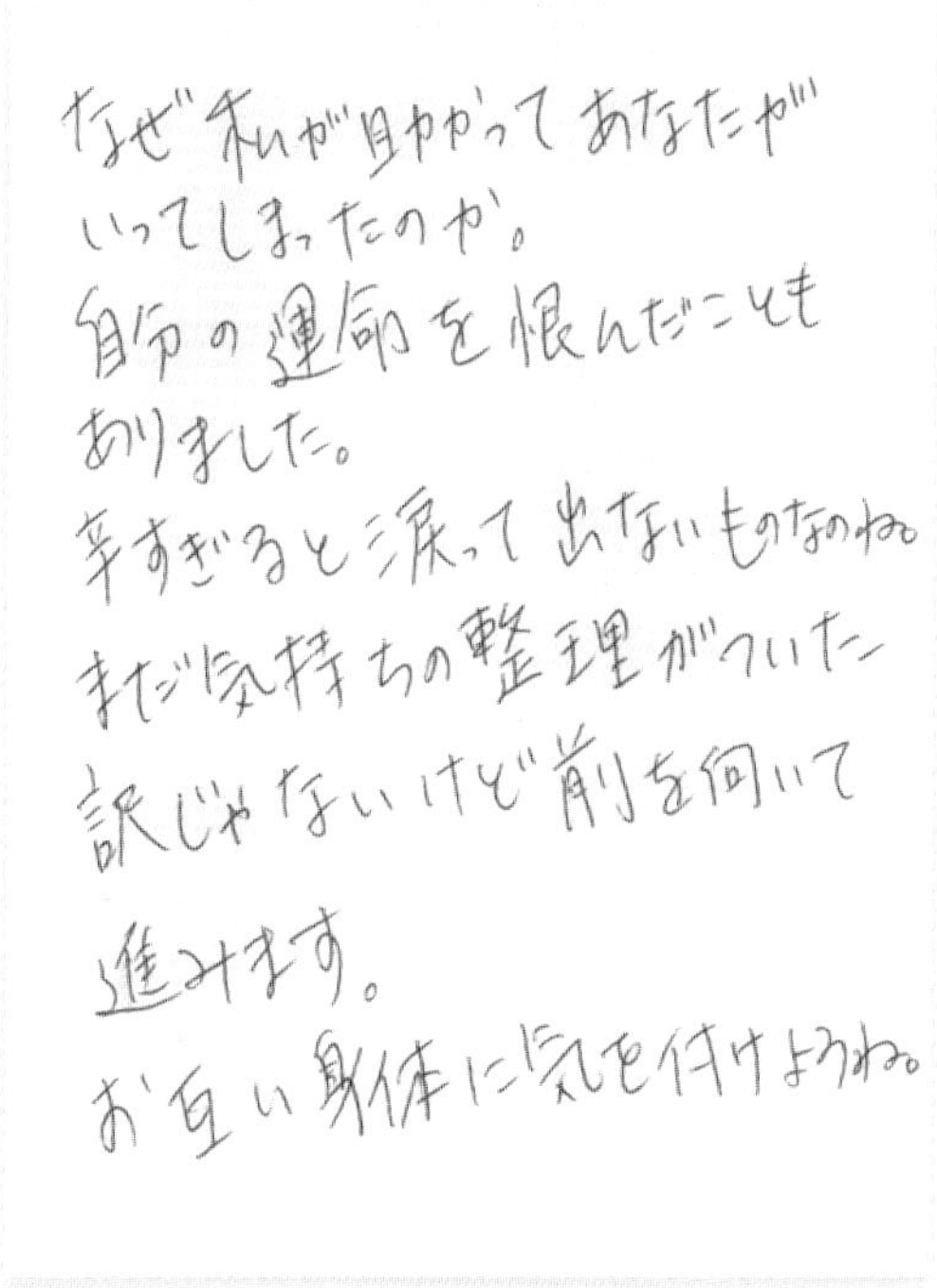
なぜ私が助かってあなたが
いってしまったのか。
自分の運命を恨んだことも
ありました。
辛すぎると涙って出ないものなのね。
まだ気持ちの整理がついた
訳じゃないけど前を向いて
進みます。
お互い身体に気を付けようね。

なぜ
私が助かって
あなたが
いってしまったのか。
自分の運命を恨んだこともあり
ました。
辛すぎると
涙って出ないものなのね。
まだ気持ちの整理がついた訳じゃ
ないけど前を向いて進みます。
お互い身体に気を付けようね。

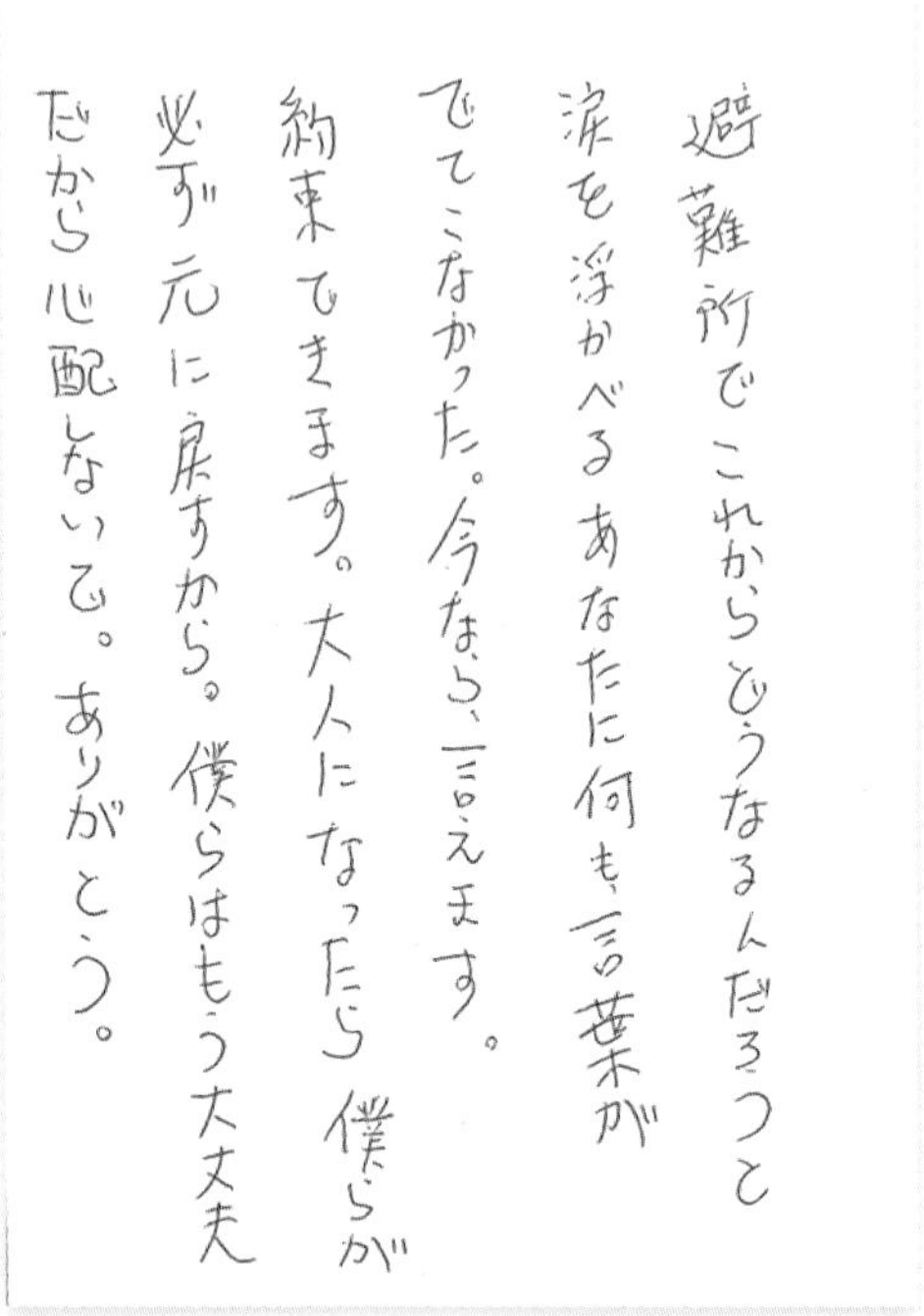
避難所でこれからどうなるんだろうと涙を浮かべるあなたに何も言葉がでてこなかった。今なら言えます。約束できます。大人になったら僕らが必ず元に戻すから。僕らはもう大丈夫だから心配しないで。ありがとう。

避難所でこれからどうなるんだろうと
涙を浮かべるあなたに
何も言葉がでてこなかった。
今なら言えます。
約束できます。
大人になったら
僕らが必ず元に戻すから。
僕らはもう大丈夫だから心配しないで。
ありがとう。

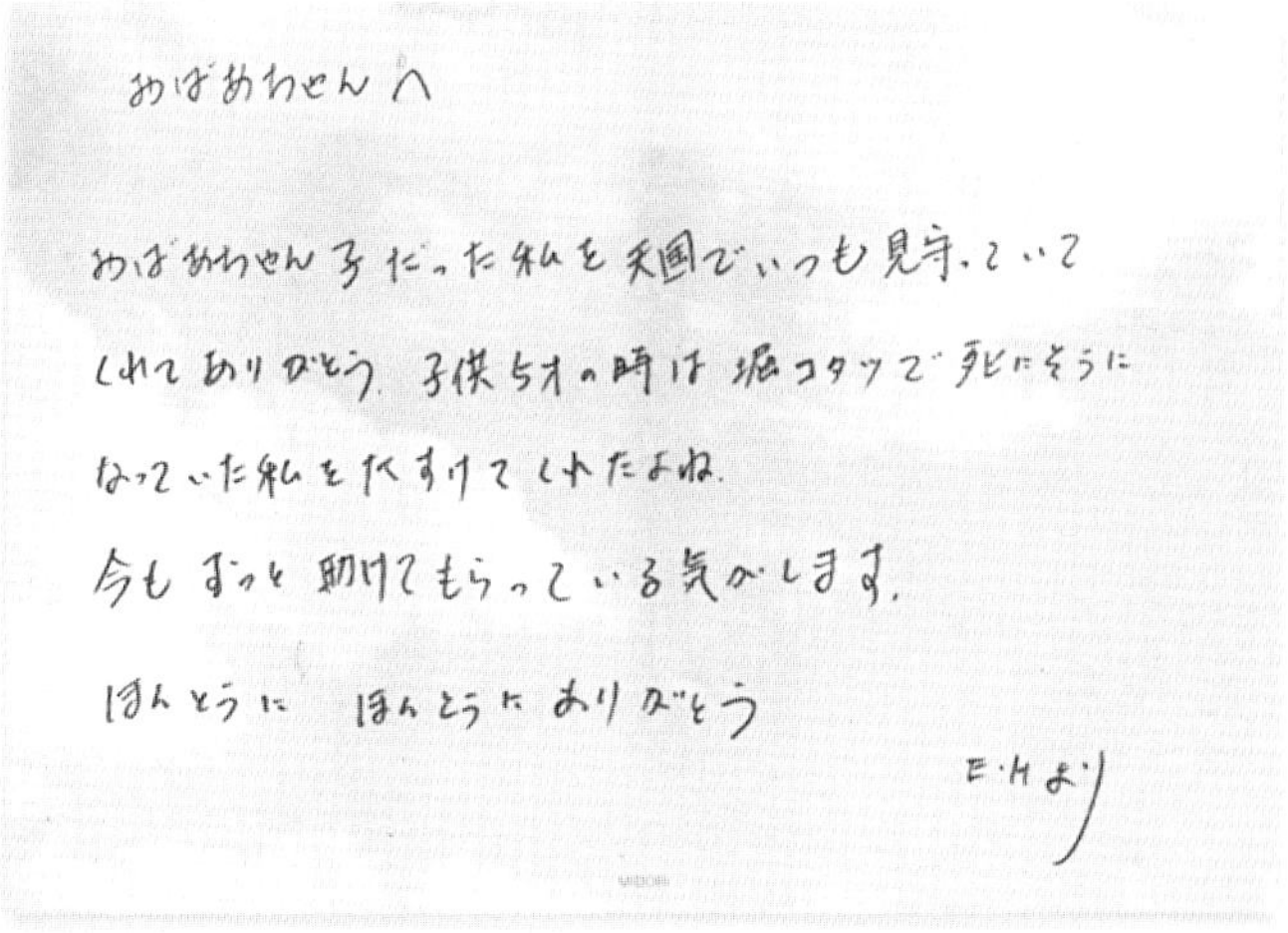
おばあちゃんへ

おばあちゃん子だった私を天国でいつも見守っていて
くれてありがとう。子供5才の時は堀コタツで死にそうに
なっていた私をたすけてくれたよね。
今もずっと助けてもらっている気がします。
ほんとうに　ほんとうにありがとう

E・Hより

おばあちゃんへ

おばあちゃん子だった私を天国で
いつも見守っていてくれてありがとう。
子供5才の時は堀コタツで死にそうに
なっていた私をたすけてくれたよね。
今もずっと助けてもらっている気がし
ます。
ほんとうに　ほんとうにありがとう

E・Hより

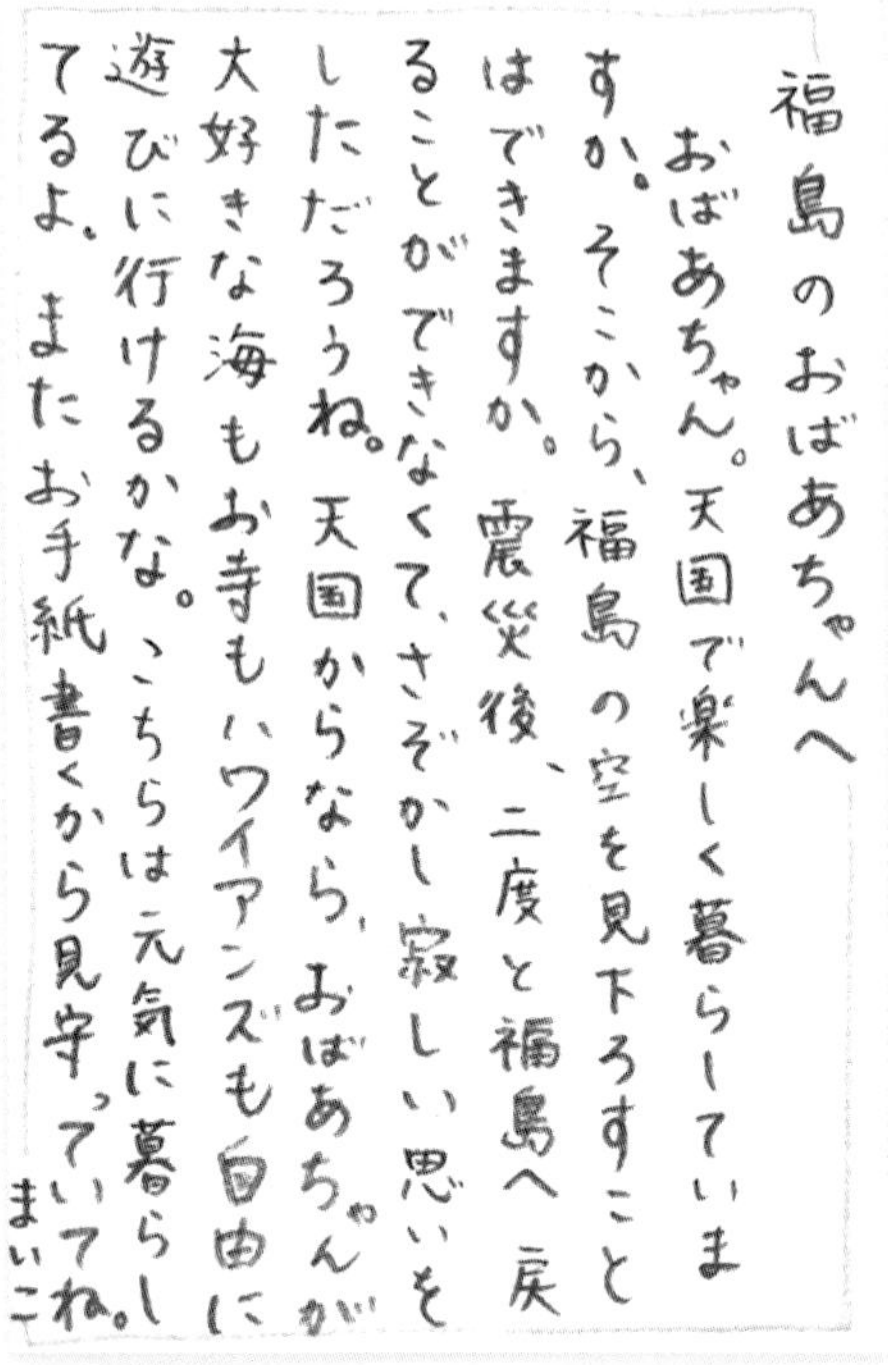
福島のおばあちゃんへ
おばあちゃん。天国で楽しく暮らしていますか。そこから、福島の空を見下ろすことはできますか。震災後、二度と福島へ戻ることができなくて、さぞかし寂しい思いをしただろうね。天国からなら、おばあちゃんが大好きな海もお寺もハワイアンズも自由に遊びに行けるかな。こちらは元気に暮らしてるよ。またお手紙書くから見守っていてね。
まいこ

福島のおばあちゃんへ

おばあちゃん。天国で楽しく暮らしていますか。

そこから、福島の空を見下ろすことはできますか。

震災後、二度と福島へ戻ることができなくて、さぞかし寂しい思いをしただろうね。

天国なら、おばあちゃんが大好きな海もお寺もハワイアンズも自由に遊びに行けるかな。

こちらは元気に暮らしてるよ。

またお手紙書くから見守っていてね。

まいこ

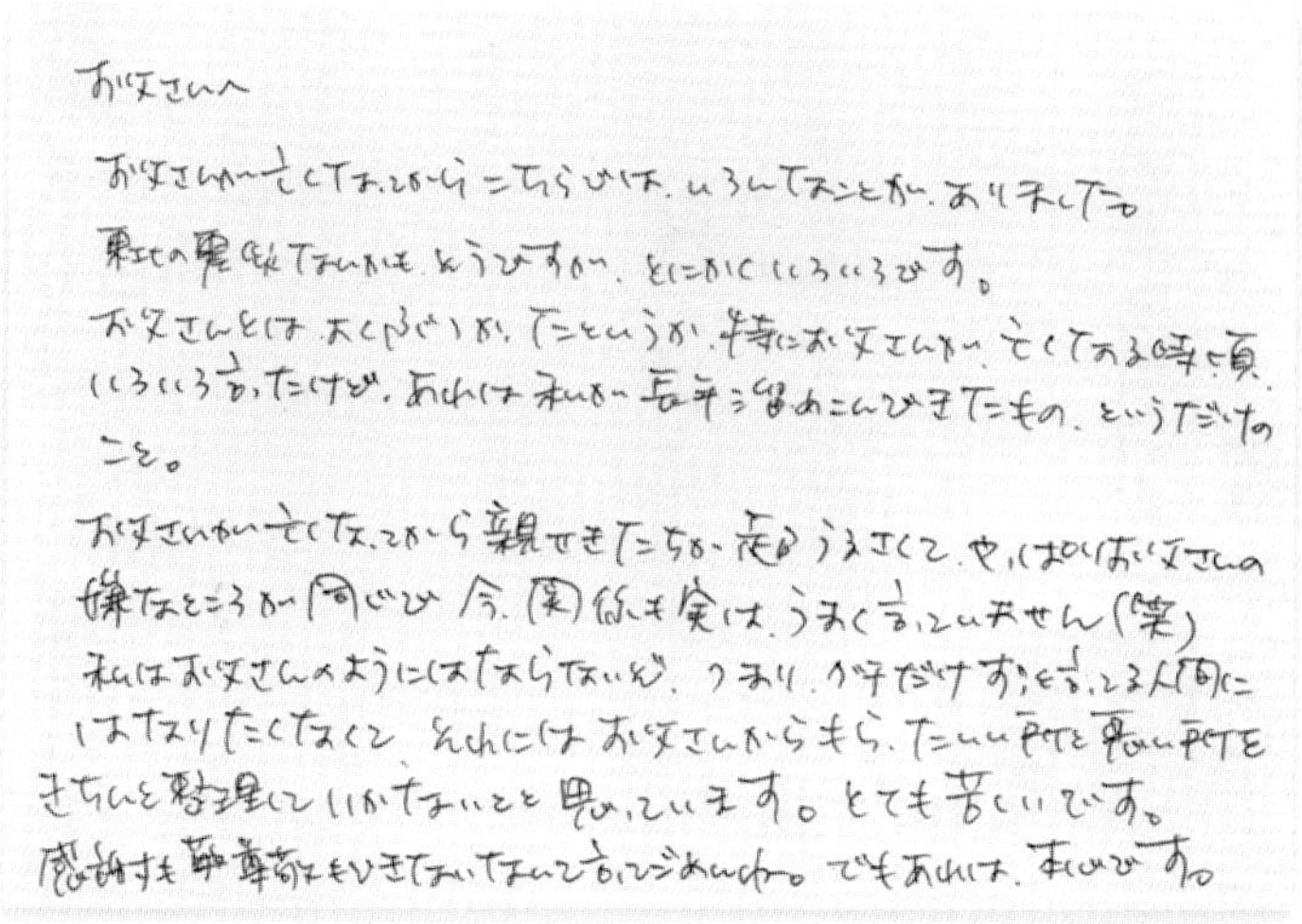

お父さんへ

お父さんが亡くなってからこちらでは、いろんなことがありました。東北の地震なんかもそうですが、とにかくいろいろです。

お父さんとはよくぶつかったというか、特にお父さんが亡くなる時頃いろいろ言ったけど、あれは私が長年溜めこんできたもの、というだけのこと。

お父さんが亡くなってから親せきたちが超うるさくて、やっぱりお父さんの嫌なところが同じで、今、関係も実はうまくいっていません（笑）。

私はお父さんのようにはならないぞ、つまりグチだけずっと言ってる人間にはなりたくなくて、それにはお父さんからもらったらいい所と悪い所をきちんと整理していかないとと思っています。とても苦しいです。感謝も尊敬もできないなんて言ってごめんね。でもあれは本心です。

福島のひいおばあちゃんへ

元気ですか？　こっちは元気です。そっちに、天国ポストか、地ごくポストか、地上ポストは、ある？もしあったら、ゆうびんや〜人は、バイクじゃ行けないね。天国には、もしかして、七福神が、あそびに来るかもしれないね。大好きなプリンを食べて楽しく毎日すごしてね。

敬稔より

福島のひいおばあちゃんへ

元気ですか？
こっちは元気です。
そっちに、
天国ポストか、地ごくポストか、
地上ポストは、ある？
もしあったら、
ゆうびんやさんはバイクじゃ行けないね。
天国には、
もしかして七福神が
あそびに来るかもしれないね。
大好きなプリンを食べて
楽しく毎日すごしてね。

敬稔より

5
COLUMN
コラム

生きていても二度と会えない娘へ

あなたがどこかで元気でいると思うから父は頑張れます

父・並木《なみき》繁《しげる》さんは、10年前に生き別れになった娘・紗弥香《さやか》さんのことを、かたときも忘れたことはありません。

1993年4月に結婚。2年後に紗弥加さんが生まれ、夫婦で宝物のように育てました。その2年後に長男が生まれ、家族が増えたのを喜ぶ一家に、つらい事実が伝えられます。長男は、重い先天性心臓病を患っていました。

健康な子どもならば、かけなくてもすむ手間とお金がかかる育児が続き、紗弥香さんの子育てにも否応なく影響が及びます。そんな生活のなかで、妻はしだいに荒れ始めました。「生活が狂ったのはお前のせいだ」と、長男を攻撃し始めたのです。長男と、かばう繁さんへの殴る蹴るの暴行が続きました。

「息子を妻と引き離さなければ」

危険を感じた繁さんは、2006年6月、離婚に踏み切りました。

娘と会えないけど想いは届けたい！

その日を境に、紗弥香さんには一度も会っていません。

本来、離婚に伴って子どもと別れた親が希望すれば、親側によほどの問題がない限り、面会や交流をする権利が認められます。しかし、離婚した当時、長男を守ることで頭がいっぱいだった繁さんは、そのことについて妻と話し合えませんでした。長男と自分を攻撃する一方、紗弥香さんを大事にしていた妻が、その交渉に応じるとも思えない状況でした。

「紗弥香は大切にされているはず。それだけが救いです」と繁さん。

現在は医療関係の仕事についていますが、それは息子さんの病気のことを、少しでも理解できるようにと医療に興味を持ったのがきっかけでした。

息子さんはいまも通院していますが、病状はかなりよくなったそうです。

別れたときは小学生だった紗弥香さんも、いまは21歳。すれ違う同じ年頃の女の子に、紗弥香さんの面影を重ねて無性に会いたくなるときがあります。

「二度と会えなくても、娘がどこかで元気で生きていると思うと頑張れます」という繁さん。

「生きていても会えない娘に、想いを届けたくて」と天国ポストに手紙を投函しました。

道ですれ違っても、もうお互いに分からないだろうけれど、親子には違いありません。繁さんは、「いつの日か娘に会って酒を酌みかわしたい」という夢を抱いています。

No.
Date

紗弥香へ

今年で21歳だね。おめでとう。
成人式の晴れ姿を見る事が出来なくて、また一緒に
お祝い出来なくてゴメンね。
紗弥香には罪は無いのに辛い思いをさせてしまってゴメンね。
紗弥香と別々に生活する様になって8年が経ちました。
紗弥香の1歳の誕生日の頃、帰宅すると毎日ヒザに
寄ってきて一緒にゴハンを食べたね。あの頃に流行っていた
CMのセリフ「美味いんだな…これが…」とコメントを付けて
缶ビールを持って遊んでいた紗弥香の写真をフォトコンテストに
応募したら入選した事があったね。
また小学校6年生の夏休みに長崎へ旅行したね、あれが
最後の旅行になるとは当時は思わなかったよ。
楽しかった思い出は沢山あります。
紗弥香はどんな素敵な大人になったでしょうか？
沢山の親友は作れましたか？
もう恋人がいる年ごろかな？
どんな夢を描き希望を持ちましたか？
話したい事は沢山あるのに話せない現実がとても残念
です。今は紗弥香の成長を心に刻みながら
幸せだけを祈っています。
沢山の仲間と楽しく健康で充実した毎日を
過してください。

2015年12月29日
父・並木 繁

紗弥香へ

今年で21歳だね。おめでとう。
成人式の晴れ姿を見る事が出来なくて、
また一緒にお祝い出来なくてゴメンね。
紗弥香には罪は無いのに
辛い思いをさせてしまってゴメンね。
紗弥香と別々に生活する様になって
8年が経ちました。
紗弥香の1歳の誕生日の頃、
帰宅すると毎日ヒザに乗ってきて
一緒にゴハン食べたね。
あの頃に流行っていたCMのセリフ
「美味しいんだな……これが……」と
コメントを付けて
缶ビールを持って遊んでいた紗弥香の
写真をフォトコンテストに
応募したら入選した事があったね。

また小学校6年生の夏休みに
長崎へ旅行したね。
あれが最後の旅行になるとは
当時は思わなかったよ。
楽しかった思い出は沢山あります。
紗弥香は
どんな素敵な大人になったでしょうか?
沢山の親友は作れましたか?
もう恋人がいる年ごろかな?
どんな夢を描き希望を持ちましたか?
話したい事は沢山あるのに
話せない現実がとても残念です。
今は紗弥香の成長を心に刻みながら
幸せだけを祈っています。
沢山の仲間と楽しく健康で充実した毎日を
過ごしてください。

２０１５年12月29日
父・並木繁

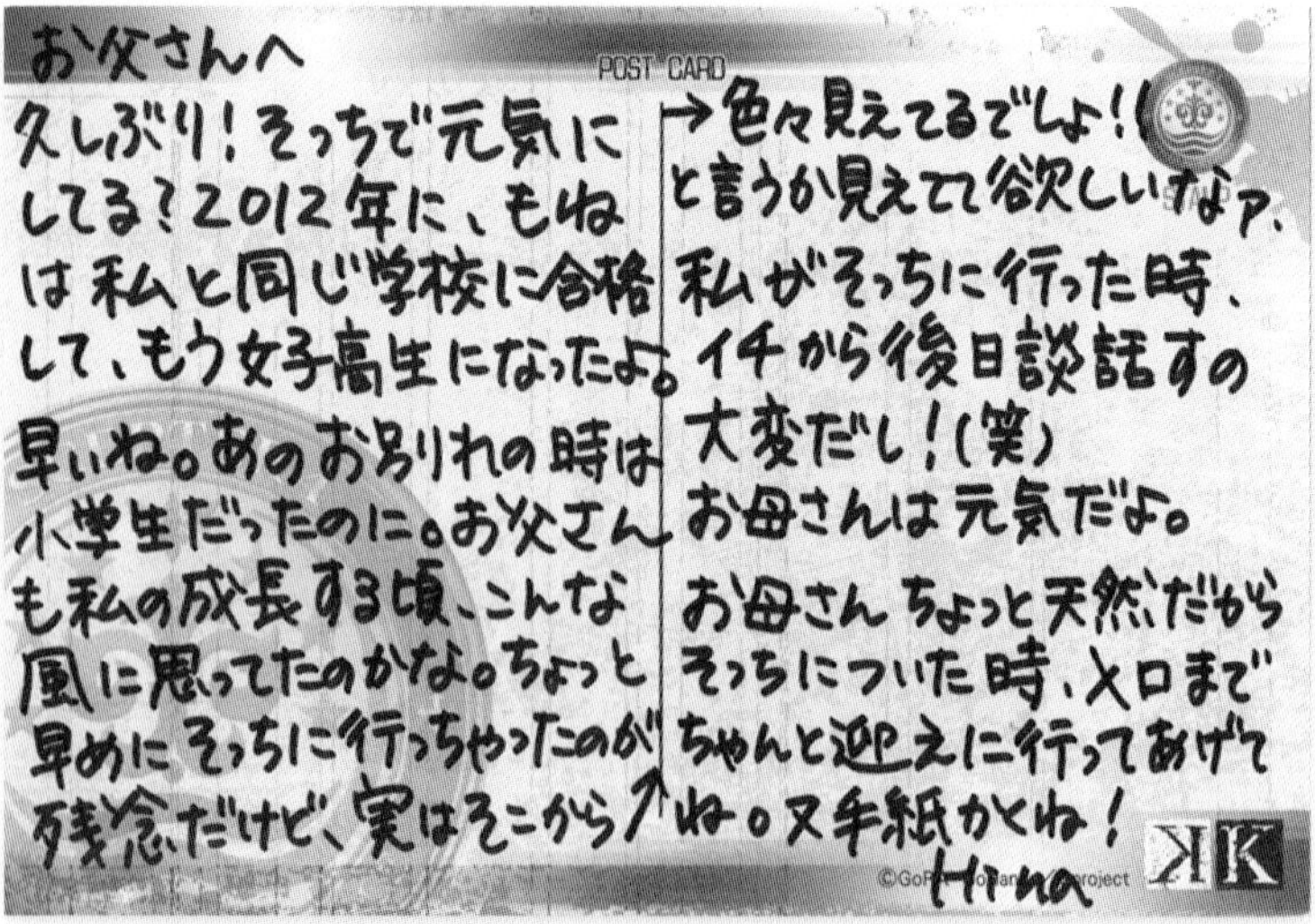
お父さんへ

久しぶり！そっちで元気にしてる？2012年に、もねは私と同じ学校に合格して、もう女子高生になったよ。早いね。あのお別れの時は小学生だったのに。お父さんも私の成長する頃、こんな風に思ってたのかな。ちょっと早めにそっちに行っちゃったのが残念だけど、実はそこから↗

→色々見えてるでしょ！と言うか見えてて欲しいなァ。私がそっちに行った時、イチから後日談話すの大変だし！（笑）お母さんは元気だよ。お母さんちょっと天然だからそっちについた時、入口までちゃんと迎えに行ってあげてね。又手紙かくね！

Hina

お父さんへ

久しぶり！　そっちで元気にしてる？
２０１２年に、もねは私と同じ学校に合格して、
もう女子高生になったよ。早いね。
あのお別れの時は小学生だったのに。
お父さんも私の成長する頃、こんな風に思ってたのかな。
ちょっと早めにそっちに行っちゃったのが残念だけど、
実はそこから色々見えてるでしょ!!
というか見えてて欲しいなァ、
私がそっちに行った時、イチから後日談話すの大変だし！（笑）
お母さんは元気だよ。
お母さんちょっと天然だからそっちについた時、
入口までちゃんと迎えに行ってあげてね。又手紙かくね！

Ｈｉｎａ

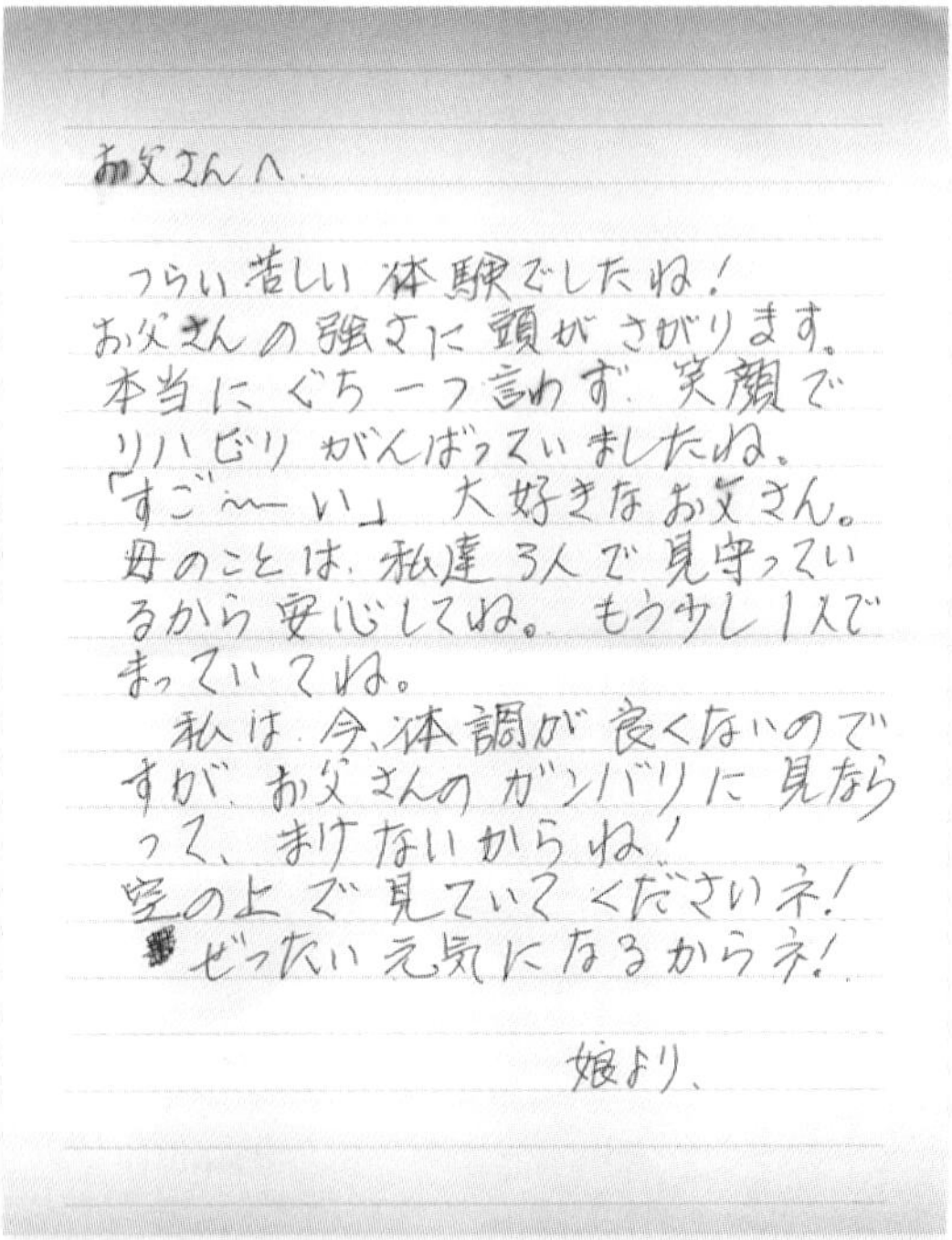
お父さんへ

つらい苦しい体験でしたね！
お父さんの強さに頭がさがります。
本当にぐち一つ言わず笑顔で
リハビリがんばっていましたね。
「すご〜〜い」大好きなお父さん。
母のことは私達3人で見守ってい
るから安心してね。もう少し1人で
まっていてね。
私は今、体調が良くないので
すが、お父さんのガンバリに見なら
って、まけないからね！
空の上で見ていてくださいネ！
ぜったい元気になるからネ！

娘より、

お父さんへ

つらい苦しい体験でしたね！
お父さんの強さに頭がさがります。
本当にぐち一つ言わず、
笑顔でリハビリがんばっていましたね。
「すごーい」大好きなお父さん。
母のことは、私達３人で見守っているから安心してね。
もう少し１人でまっていてね。
私は今、体調が良くないのですが、
お父さんのガンバリに見ならって、
まけないからね！
空の上で見ていてくださいネ！
ぜったい元気になるからネ！

娘より

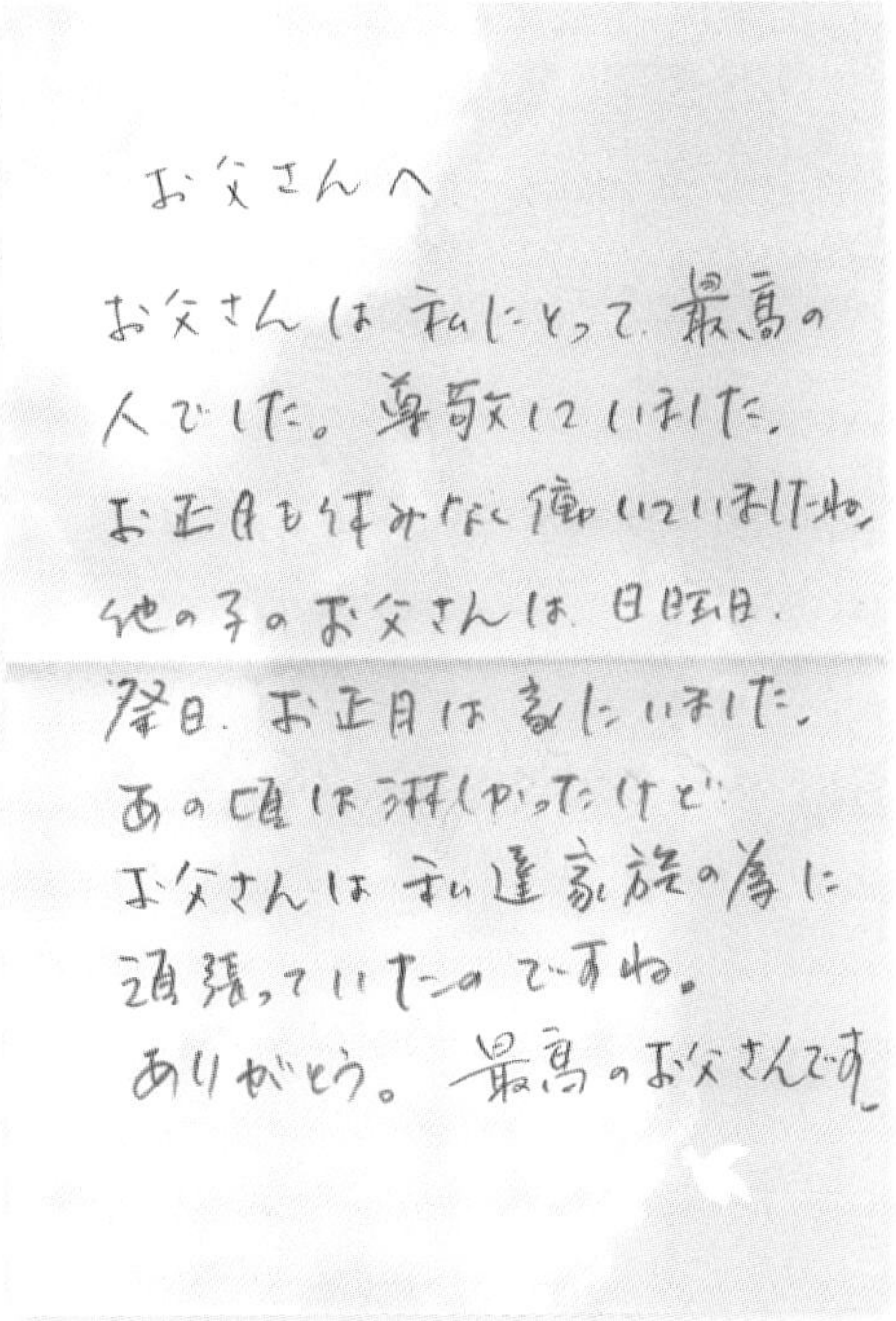
お父さんへ

お父さんは私にとって最高の
人でした。尊敬していました。
お正月も休みなく働いていましたね。
他の子のお父さんは日曜日、
祭日、お正月は家にいました。
あの頃は淋しかったけど
お父さんは私達家族の為に
頑張っていたのですね。
ありがとう。最高のお父さんです。

お父さんへ

お父さんは私にとって最高の人でした。尊敬していました。
お正月も休みなく働いていましたね。
他の子のお父さんは日曜日、祭日、お正月は家にいました。
あの頃は淋しかったけど
お父さんは私達家族の為に頑張っていたのですね。
ありがとう。最高のお父さんです。

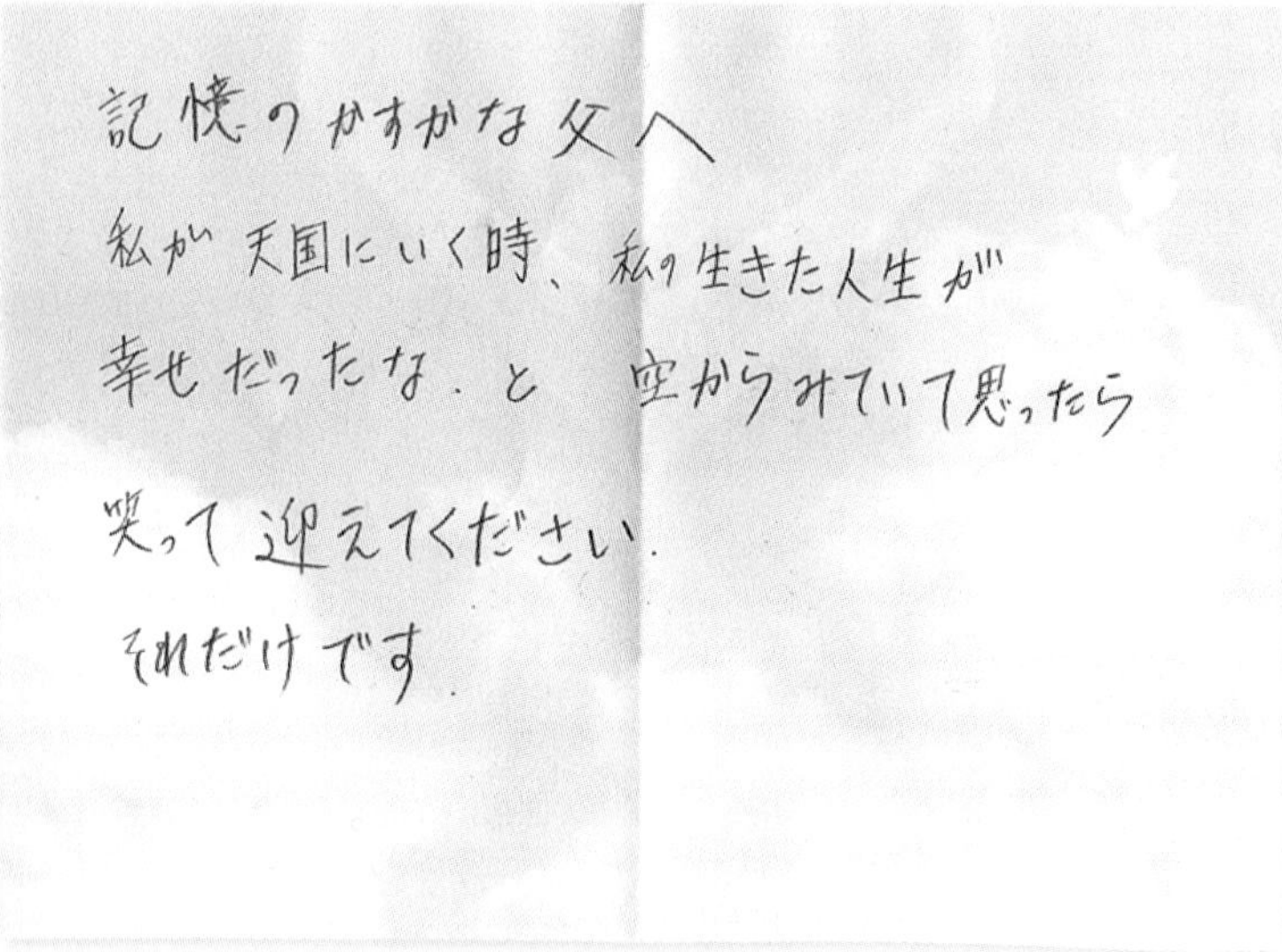
記憶のかすかな父へ
私が天国にいく時、私の生きた人生が
幸せだったな．と　空からみていて思ったら
笑って迎えてください．
それだけです．

記憶のかすかな父へ

私が天国へ行く時
私の生きた人生が
幸せだったな、と
空から見ていて思ったら
笑って迎えてください。
それだけです。

地獄へ行ったお父さんへ

私たちを残して急にいなくなって
お母さんに沢山迷惑をかけて。。
天国なんてお父さんは行けるはずが
ないと思う。
きっとそっちでも色んな人に迷惑を
掛けてしまっているでしょう。
代わりにあやまります。
いつも何を考えてるか分からなかった
けど私たちにとってはたった一人の
お父さん。
例え地獄でもまたお父さんに
会いたいと思ってしまうから自分でも
よく分からない。
お母さんを支えて頑張るからね。

ミキ

地獄へ行ったお父さんへ

私たちを残して
急にいなくなって
お母さんに沢山迷惑をかけて……
天国なんて
お父さん行けるはずがないと思う。
きっとそっちでも色んな人に
迷惑を掛けてしまっているでしょう。
代わりにあやまります。
いつも何を考えてるか分からなかったけど
私たちにとってはたった一人のお父さん。
例え地獄でも
またお父さんに会いたいと思ってしまうから
自分でもよく分からない。
お母さんを支えて頑張るからね。

ミキ

6
COLUMN
コラム

命を絶った夫への手紙

自ら命を絶った夫。家族は苦しみ抜いたが、いまは見守ってくれているのを感じる

どんな形であれ、家族を亡くすのは大きな悲しみですが、それが自死だと、残された家族にはさらなる苦しみが加わります。身近にいた者として、「気づいてあげられなかった自分」「止められなかった自分」への後悔と自責の念に苛まれるからです。

鷲見《すみ》しのぶさん一家も、そんな苦しみを味わいました。

鷲見さんとご主人は、同じ静岡県出身で、ふたりとも独身時代、仕事が終わったあとの交流の場である勤労青少年ホームに通っていました。鷲見さんが音楽のサークルのリーダー、ご主人が社交ダンスのサークルのサブリーダーをやっていて、バス旅行が知り合うきっかけになりました。

快活なタイプの鷲見さんは、もの静かなご主人の存在を、最初は気づきさえしなかったほど。しかし、やがてお互い、自分にない要素に惹かれ合うように恋に落ち、結婚を考えるようになったのです。

ご主人はお寺の住職の家の次男で、「結婚する

ならお寺に入って欲しい」といわれました。慣れない生活を心配した鷲見さんの両親は結婚に反対。それを説き伏せて、1988年4月2日、ご主人の29歳の誕生日に挙式し、静岡県内のお寺での生活が始まりました。

お寺での生活はわからないことだらけで、四苦八苦しながらも役目をこなし、長男、双子の長女と次女、三女と、次々に子宝にも恵まれました。

突然の別れ。もう会えないんだと涙があふれ

ところが、結婚して14年後の2001年1月、一家を衝撃が襲います。その日、ご主人の姿がどこにも見えなくなり、警察の人も呼んで探しまわったところ、本堂の裏側で首を吊った状態で見つかったのです。

警察の人と一緒にご主人を見つけた鷲見さんは、あまりにもショックが大きく、ただ茫然としていました。なんの予兆もなかっただけに、現実とは信じられず、そのときは涙さえ出なかったそうです。

葬儀を終えたあと、家族でご飯を食べているとき、ご主人の席だけぽっかり空いているのを見て、「もう会えないんだ」と思った瞬間、涙があふれ出て止まらなくなりました。

息子さんが膝を抱えてうつむき、「おれはこの怒りをどこにぶつければいいんだ」とつぶやくのが聞こえました。

当時、その長男は小学5年生、双子の長女と次女は小学校1年生、三女が2歳でした。幼かった三女はともかく、起きたことが理解できる年齢だった上の3人には、「残酷な現実だったと思います」と鷲見さん。

鷲見さん自身もまた、残酷な現実を受け止めるのに精いっぱいでした。9カ月ほど、うつ病を患い、精神科のカウンセリングを受けた鷲見さんは、そのなかで泣き叫び、怒りもすべて吐き出すことで、なんとか自分を取り戻すことができました。

家族それぞれに
夫や父としての存在を感じるように

ご主人の一周忌のあと、環境を変えるべく、いま住んでいる埼玉に引っ越しました。それからは、生命保険の営業、コールセンターの仕事などを、必死にこなして4人の子を育ててきました。

当初は、「なぜ死んでしまったの」とご主人を恨む気持ちがありましたが、それも次第にやわらいできました。時間に癒されただけでなく、亡くなって数年経つころから、ご主人がときどき、自分のところに来てくれている気がするようになったからです。

そのときは決まって、白檀《びゃくだん》の香りがし、ときにはお経が聞こえることもあるといいます。夫が見守ってくれていることが、信号のように伝わってくるそうです。

「あの人は、勝手に先立ってしまったけれど、代わりにいまも私たちを見守ってくれているんだ」

鷲見さんはそう思っています。

このことについて、ことさらに家族で話したことはありませんが、「4人がそれぞれに、夫や父としての存在を感じているのがわかる」と鷲見さん。

現在の家族構成は、鷲見さんが51歳、長男が25歳、長女と次女が21歳、三女が16歳で、独立して別に住んでいる長男以外は一緒に住んでいます。長男も含め、とても仲のいい家族で、「いまはとても幸せです」とのこと。

家族を代表して、長女のちひろさんが、お父さんへの手紙を書いて天国ポストに投函してくれました。

お父さんがいなくなったときに感じた後悔や自責の念、止められなかったお詫びとともに、悲しみを乗り越えて前向きに生きていく明るい決意が記されています。

「人としての存在ではないけれど、あの人はいまも私たちと一緒にいるんです」

ちひろさんの手紙を読んで、目に涙を浮かべながらも、鷲見さんは笑顔でそう語ってくれました。

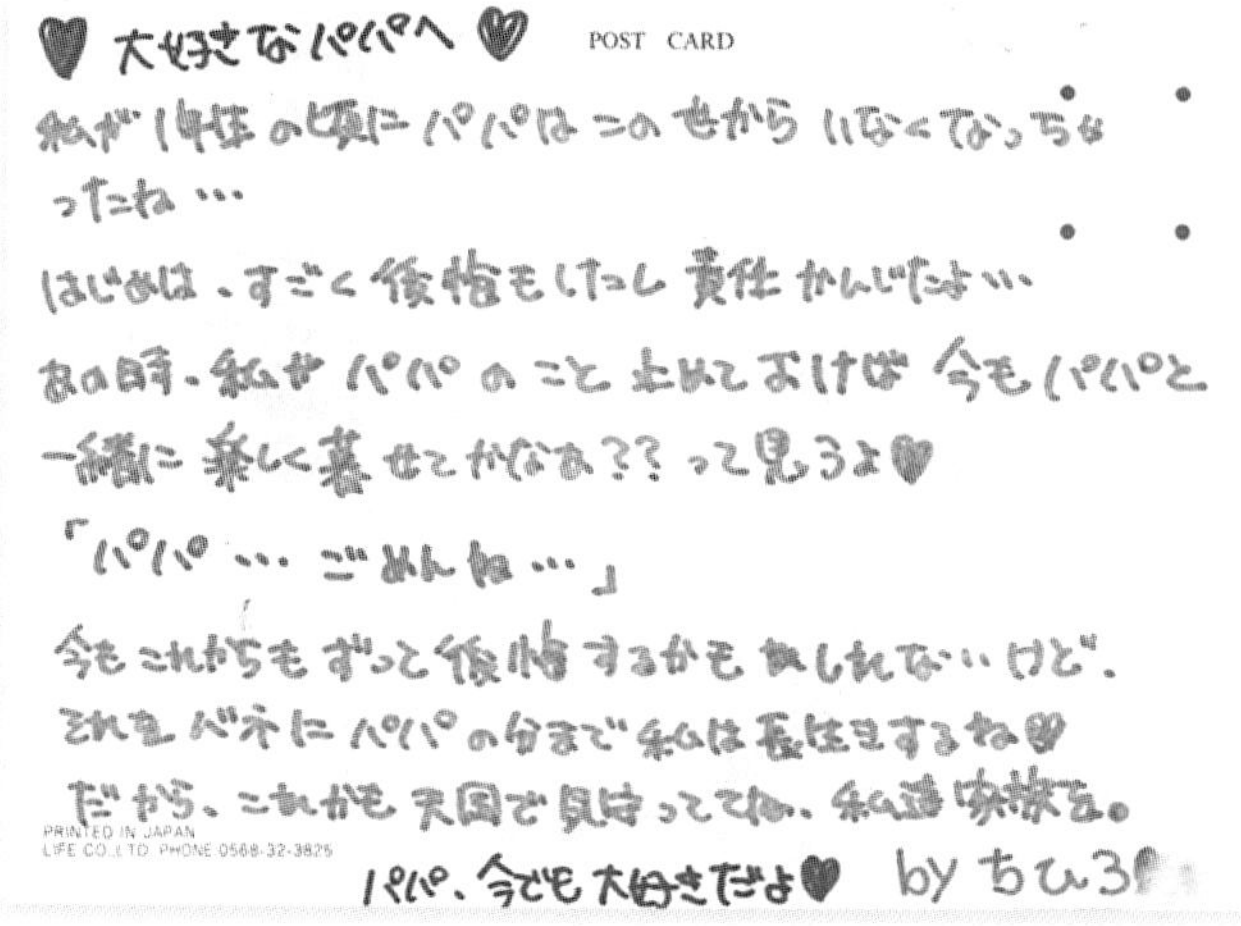
♥大好きなパパへ♥　POST CARD
私が1年生の頃にパパはこの世からいなくなっちゃったね…
はじめは、すごく後悔もしたし責任かんじたよ…
あの時、私がパパのこと止めておけば今もパパと一緒に楽しく暮せてかなあ??って思うよ♥
「パパ…ごめんね…」
今もこれからもずっと後悔するかもしれないけど、
それをバネにパパの分まで私は長生きするね♥
だから、これからも天国で見守っててね。私達家族を。
PRINTED IN JAPAN
LIFE CO.,LTD. PHONE 0568-32-3825
パパ、今でも大好きだよ♥　by ちひろ

♥大好きなパパへ♥

私が一年生の頃に
パパはこの世からいなくなっちゃったね……
はじめは、すごく後悔もしたし
責任かんじたよ……
あの時、
私がパパのこと止めておけば
今もパパと一緒に楽しく暮せてかなあ??　って
思うよ♥
「パパ……ごめんね……」
今もこれからもずっと後悔するかもしれないけど、
それをバネにパパの分まで私は長生きするね♥
だから、これからも天国で見守っててね。
私達家族を。
パパ、今でも大好きだよ♥

by
ちひろ

パパへ
パパが自ら命を絶ってから、八年が経ちました。けれど、パパの面影は今もなお身近に感じているので、不思議と寂しさはありません。

告別式一週間後に、パパから届いた大学卒業・就職祝いのミュージックプレーヤーは、壊れてしまったけれど今でも大切にしてます。

パパが撮影してくれた家族写真が膨大にあって、整理に少し困ってます。私が小さい頃に描いた沢山の絵が大切にしまわれていて、少し泣きました。パパとそっくりな私の笑顔は、沢山の人にいつも褒められています。私の恥ずかしがり屋な性格は、パパに似ているのかなと思っています。たまにパパとそっくりな自分の手相を見ては、ゴツゴツした温もりのある厚い手を思い出します。パパが治療してくれた虫歯は、ごめんなさい、悪化しました(笑) パパの愛しているママとパパの事が大好きな犬のナナと、最近一緒に暮らし始めました。ママは言わないけれど、喜んでくれているみたいです。ナナはしっぽがそろそろちぎれてしまうのではないでしょうか(笑) ママもナナもずっと寂しかったのかもしれません。

パパは生き抜く事を諦めてしまったけれど、私はこの人生を力強く生きていきます。パパが探していた「愛」や「正義」、「生きる意味」、パパの代わりに私なりに答えを出したいと思います。そして沢山の素敵な事を見つけます。パパ、そちらから見ていてください。

では、またお手紙書きますね。いつもありがとう。

博子

パパへ

パパが自ら命を絶ってから、八年が経ちました。けれど、パパの面影は今もなお身近に感じるので不思議と寂しさはありません。告別式一週間後に、パパから届いた大学卒業・就職祝いのミュージックプレーヤーは壊れてしまったけれど、今でも大切にしてます。

パパが撮影してくれた家族写真が膨大にあって、整理に少し困ってます。私が小さい頃に描いた沢山の絵が大切にしまわれていて、少し泣きました。パパとそっくりな私の笑顔は、沢山の人にいつも褒められています。私の恥ずかしがり屋な性格は、パパに似ているのかなと思っています。たまにパパとそっくりな自分の手相を見ては、ゴツゴツした温もりのある厚い手を思い出します。パパが治療してくれた虫歯は、ごめんなさい。悪化しました（笑）。パパの愛していたママと、パパの事が大好きな犬のナナと、最近一緒に暮らし始めました。ママは言わないけれど、喜んでくれているみたいです。ナナはしっぽがそろそろちぎれてしまうのではないでしょうか（笑）。ママもナナもずっと寂しかったのかもしれません。

パパは生き抜く事を諦めてしまったけれど、私はこの人生を力強く生きていきます。パパが探していた「愛」や「正義」、「生きる意味」、パパの代わりに私なりに答えを出したいと思います。そして沢山の素敵な事を見つけます。パパ、そちらから見ていてください。

では、またお手紙書きますね。

いつもありがとう。

博子

天国のお父さん　POST CARD

私の結婚式の2カ月前に亡くなってしまったお父さん。あれからもう5年だね。

学生の頃は門限破ったり、たくさん反発していたね。叱ってきたお父さんに対して私が負けずに言い返したらお父さんがすごく悲しそうな顔をしたのを覚えてるよ。

居酒屋のバイト先で覚えた「じゃこネギ豆腐」を家で作ったら喜んで食べてくれたお父さん。私とお酒を飲む時は本当に嬉しそうな顔で飲み過ぎて、お母さんに叱られるお父さん。いつも信じてくれたお父さん。「三女の結婚式までは死ねない」と親戚に話してたこと、主治医の先生に「娘の結婚式まで生きたい」と頼んでたことを後から知り、涙が止まらなかったよ。その翌年、私達3姉妹に、赤ちゃんが授かったのは、お父さんから最後のプレゼントだよね。これからもずっと大好きだよ。

PX-3453
EASE PRODUCTS©Ⓟ
4538480722021

美知子より

天国のお父さん

私の結婚式の2ヵ月前に亡くなってしまったお父さん。あれからもう5年だね。学生の頃は門限破ったり、たくさん反発していたね。叱ってきたお父さんに対して私が負けずに言い返したらお父さんがすごく悲しそうな顔をしたのを覚えてるよ。

居酒屋のバイト先で覚えた「じゃこネギ豆腐」を家で作ったら喜んで食べてくれたお父さん。私とお酒を飲む時は本当に嬉しそうな顔で飲み過ぎて、お母さんに叱られるお父さん。いつも信じてくれたお父さん。「三女の結婚式までは死ねない」と親戚に話してたこと、主治医の先生に「娘の結婚式まで生きたい」と頼んでたことを後から知り、涙が止まらなかったよ。その翌年、私達3姉妹に、赤ちゃんが授かったのは、お父さんから最後のプレゼントだよね。

これからもずっと大好きだよ。

美知子より

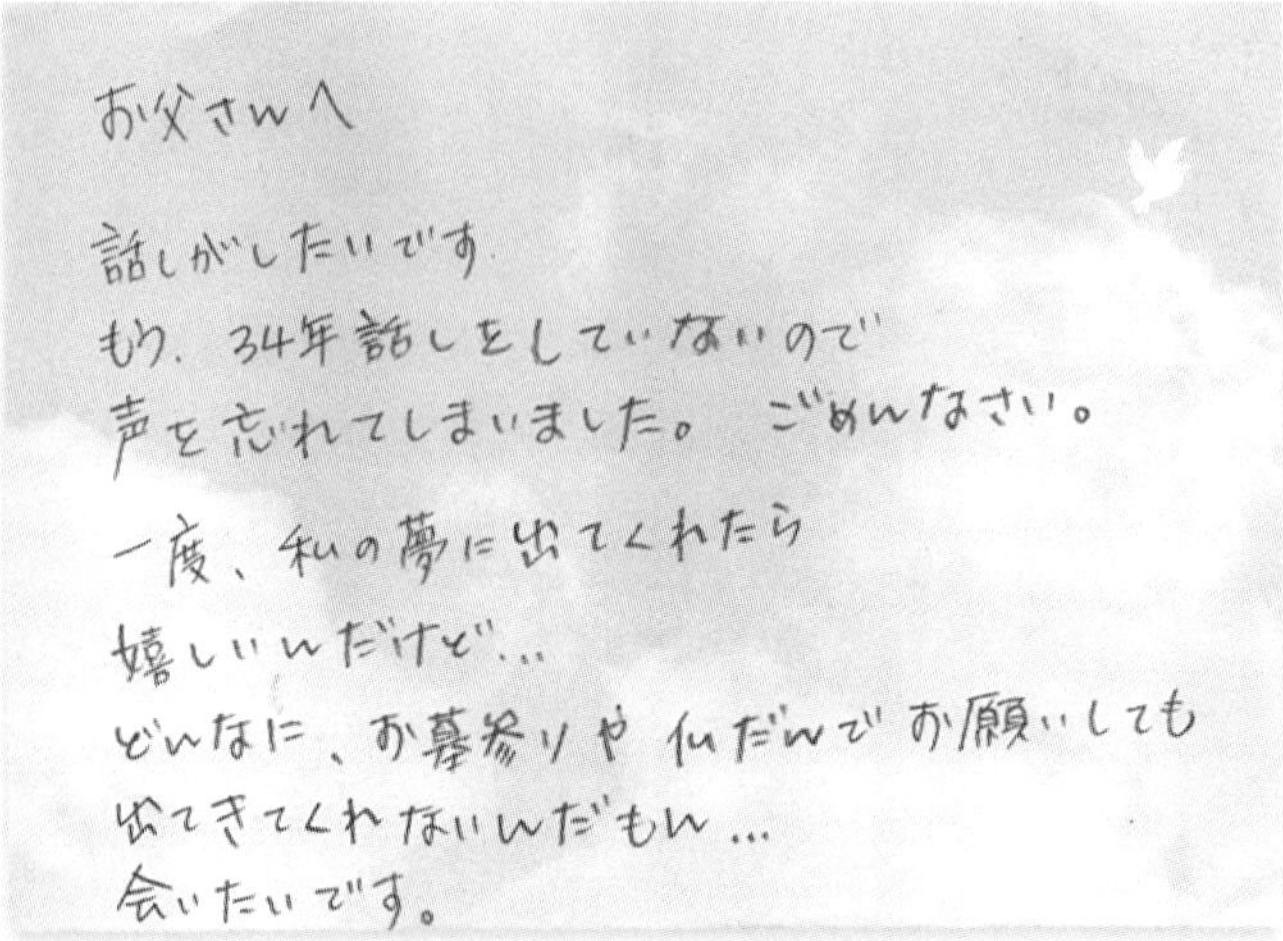
お父さんへ

話しがしたいです
もう. 34年話しをしていないので
声を忘れてしまいました。ごめんなさい。

一度、私の夢に出てくれたら
嬉しいいんだけど…
どんなに、お墓参りや仏だんでお願いしても
出てきてくれないんだもん…
会いたいです。

お父さんへ

話がしたいです
もう34年話しをしていないので
声を忘れてしまいました。
ごめんなさい。
一度、私の夢に出てくれたら
嬉しいんだけど……
どんなに、
お墓参りや仏だんでお願いしても
出てきてくれないんだもん……
会いたいです。

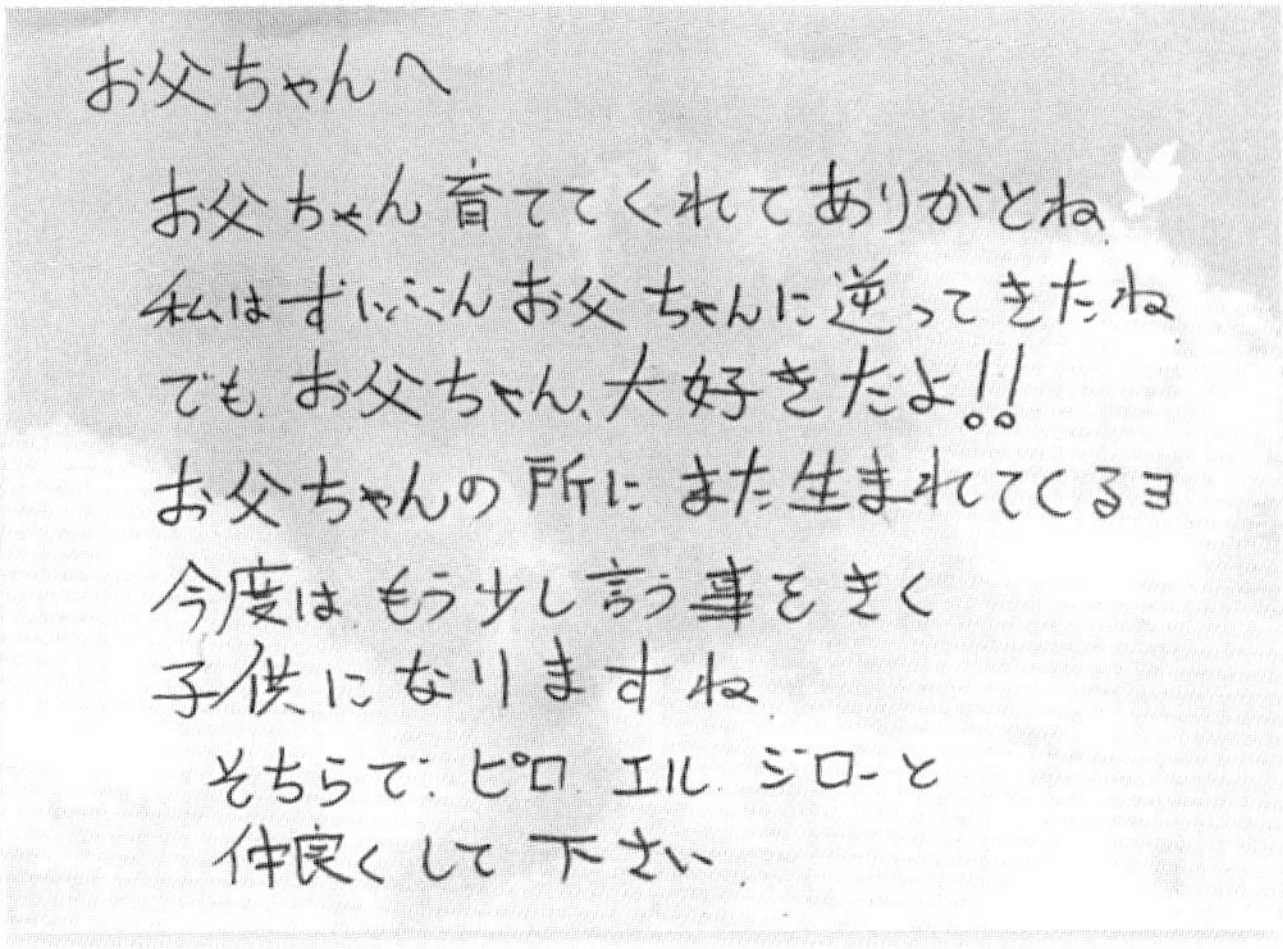
お父ちゃんへ
お父ちゃん育ててくれてありかとね。
私はずいぶんお父ちゃんに逆ってきたね。
でも。お父ちゃん、大好きだよ!!
お父ちゃんの所にまた生まれてくるヨ
今度は。もう少し言う事をきく
子供になりますね。
そちらで。ピロ。エル。ジローと
仲良くして下さい。

お父ちゃんへ

お父ちゃん
育ててくれてありがとね。
私はずいぶんお父ちゃんに
逆らってきたね。
でもお父ちゃん、大好きだよ!!
お父ちゃんの所に
また生まれてくるヨ。
今度はもう少し言う事をきく
子供になりますね。
そちらでピロ、エル、ジローと
仲良くして下さい。

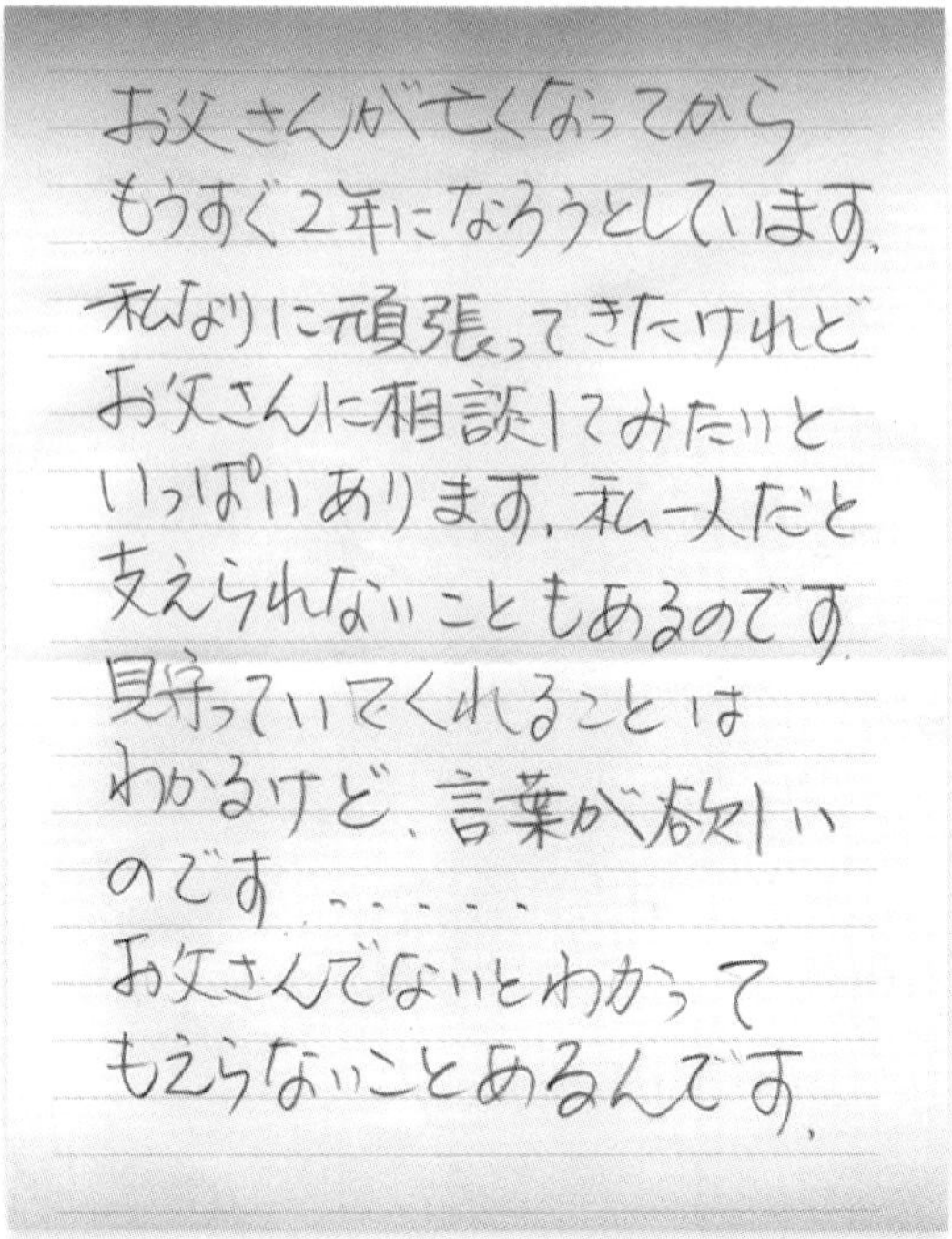
お父さんが亡くなってから
もうすぐ2年になろうとしています.
私なりに頑張ってきたけれど
お父さんに相談してみたいと
いっぱいあります. 私一人だと
支えられないこともあるのです.
見守っていてくれることは
わかるけど、言葉が欲しい
のです……
お父さんでないとわかって
もらえないことあるんです.

お父さんが亡くなってから
もうすぐ2年になろうとしています。
私なりに頑張ってきたけれど
お父さんに相談してみたいこと
いっぱいあります。
私一人だと支えられないことも
あるのです。
見守っていてくれることはわかるけど、
言葉が欲しいのです……。
お父さんでないと
わかってもらえないことあるんです。

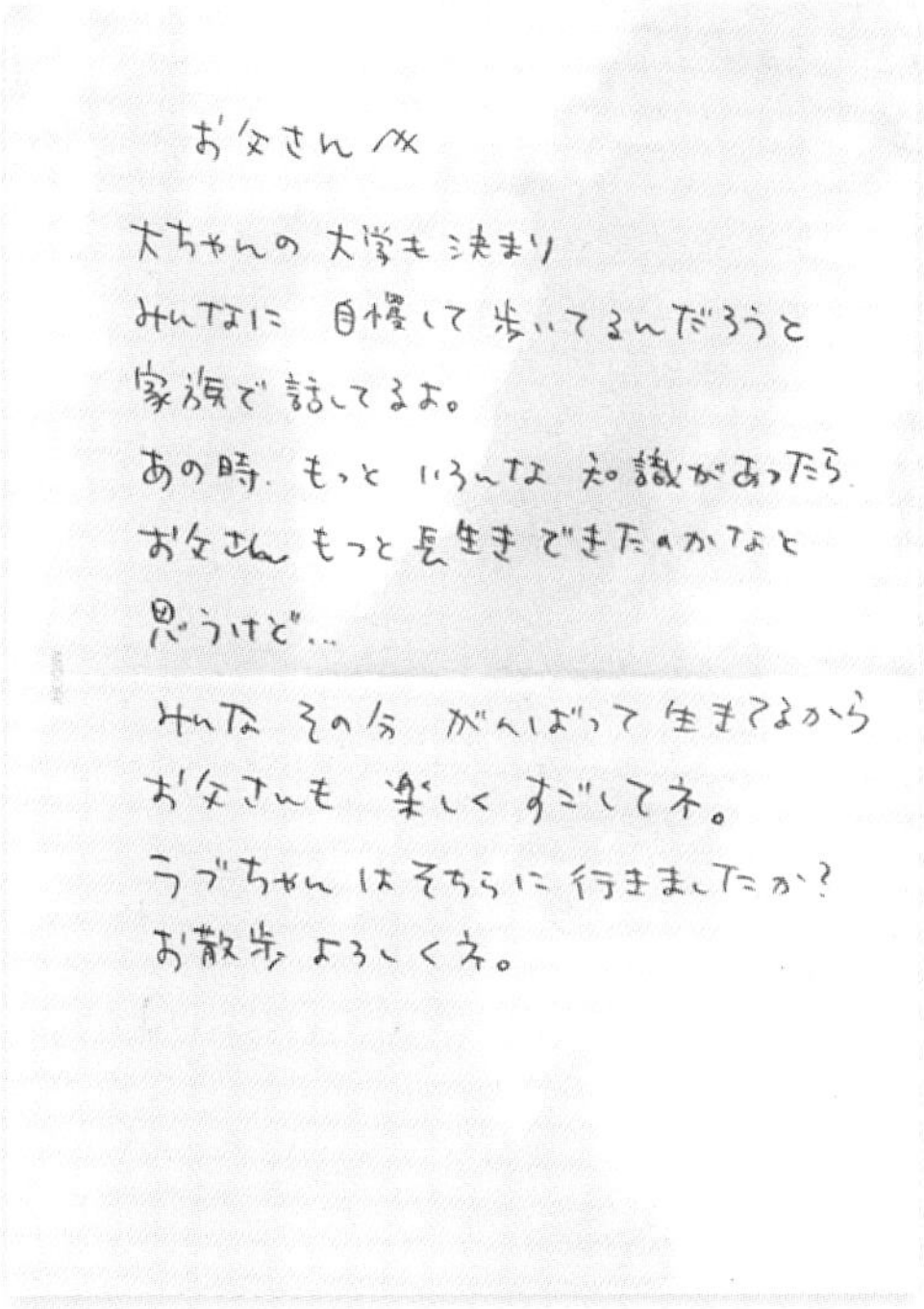
お父さんへ

大ちゃんの大学も決まり
みんなに自慢して歩いてるんだろうと
家族で話してるよ。
あの時、もっといろんな知識があったら
お父さんもっと長生きできたのかなと
思うけど…
みんなその分がんばって生きてるから
お父さんも楽しくすごしてネ。
ラブちゃんはそちらに行きましたか?
お散歩よろしくネ。

お父さんへ

大ちゃんの大学も決まり
みんなに自慢して歩いてるんだろうと
家族で話してるよ。
あの時、
もっといろんな知識があったら
お父さん
もっと長生きできたのかなと
思うけど……
みんなその分がんばって生きてるから
お父さんも楽しくすごしてネ。
ラブちゃんはそちらに行きましたか？
お散歩よろしくネ。

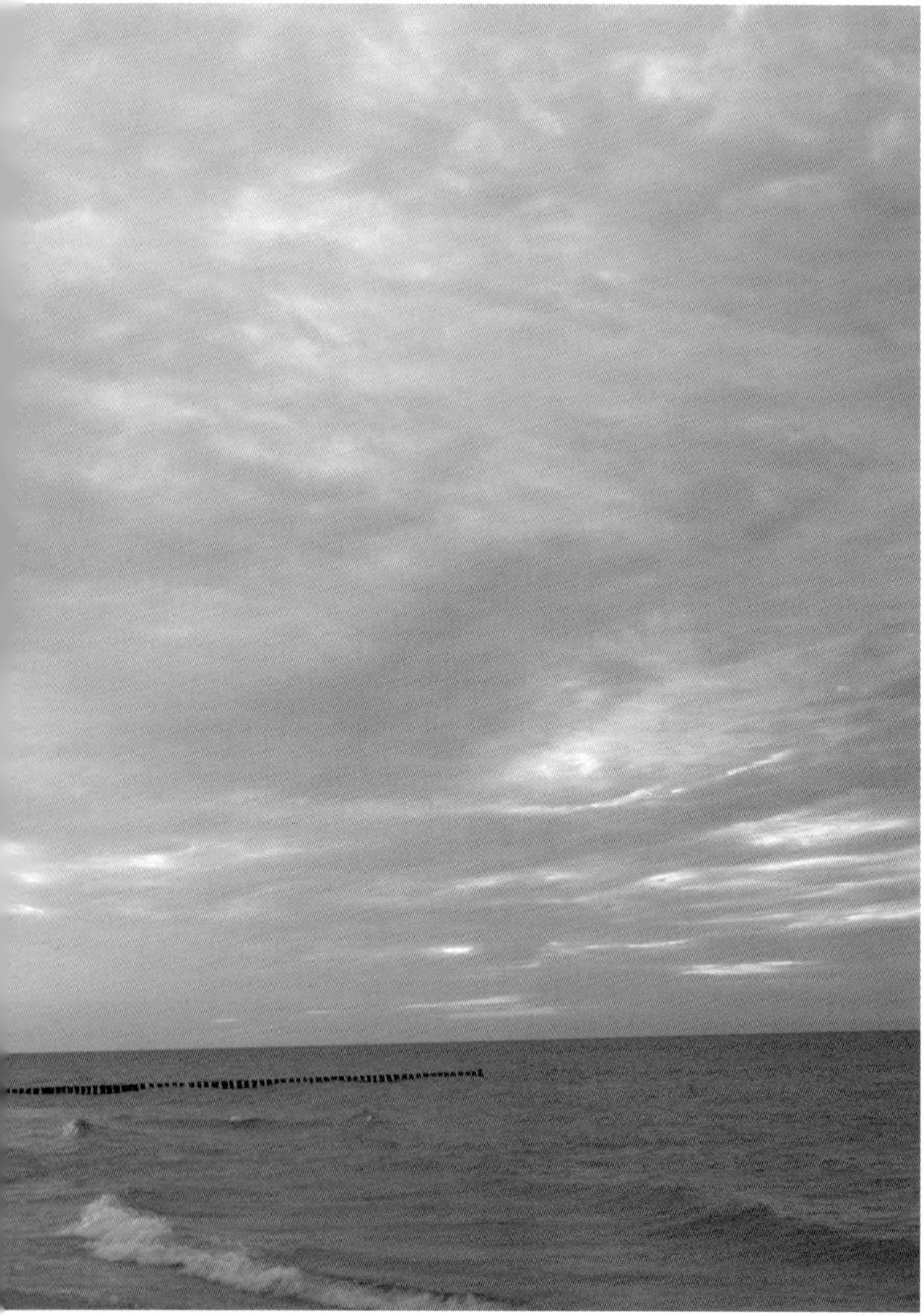

7
COLUMN
コラム

ありがとうポストはいま生きてるあなたに伝えたいこと

人生のど真ん中に「ありがとう」を置きたい。そんな願いから「ありがとうポスト」を作りました

「天国ポスト」は、じつは志茂田景樹先生に命名していただく前は、「ありがとうポスト」という名前でした。

「亡くなった大切な人に『ありがとう』を伝えたい」という人が多かったからです。最後に伝えたい言葉にもいろいろありますが、圧倒的に多いのが「ありがとう」だったのです。「それなら、できるだけ生きているうちに伝えればいいのでは？」と思いつきました。

そこで、全米感涙協会（会長＝寺井広樹）によって3月9日（サンキュー）を「ありがとう記念日」に制定しました。感謝を伝えたい相手に、アメをギフトするとともに、「ありがとう」を表明しようという記念日です。

ありがとうの気持ちを伝えるのにぴったりな、「ありがとう記念日の公式ギフトブック、『ありがとう』（文：寺井広樹・絵：世界中に笑顔を広げるアーティストＲＩＥ・あさ出版）も制作しました。また、天国ポストとは別に、生きている相手に感謝を伝える手紙を投函するポストとして、「ありがとうポスト」も設置しました。

２０１６年2月、千葉の銚子電鉄の駅名愛称ネーミングライツ（命名権）販売で、終点の外川駅が「ありがとう駅」と命名されて話題になりました。命名したのは、早稲田ハウス株式会社の金光容徳社長です。

そこで、「ありがとう駅」とコラボし、ありがとうポストをこの駅に設置しました。

３月９日のありがとう記念日には、ありがとうポストやありがとうの記念列車などを披露するとともに、「ありがとう駅で、感謝を伝えたい相手に『ありがとう』を叫ぶ！」などのイベントを行いました。

この日から1週間は、ありがとう記念日のヘッドマークをつけた電車が走るとともに、ヘッドマークと同じデザインの記念切符が販売されました。榮太樓總本鋪さんとのコラボによって、この記念切符を購入した人には榮太郎アメがプレゼントされました。

「ありがとう駅」の愛称は、1年間継続されます。駅の待合室には、感謝の手紙を書くための机と椅子が設置され、切手やはがきも販売されています。機会があったらぶらりと訪ねて、ありがとうポストに感謝の手紙を投函してみてはいかがでしょうか。

〜天国ポスト〜

天国の
母へ（きくのさん）

届いたら
うれしい
です

リュウマチを なおして
元気になって バイクに乗って
自動車の免許を 取って 乗っている
姿を おもいうかべます。
母のガンバッテた姿は 私の手本
です。あぐり（私）は エライねと
言ってくれた 事は ズーット忘れ
られません　ボランティアに 地域の
為に これからも 一生けん命に
動いていくね!! ありがとう母さん!!

天国の母へ（きくのさん）

届いたらうれしいです
リュウマチをなおして
元気になって
バイクに乗って
自動車の免許を取って
乗っている姿をおもいうかべます。
母のガンバッテた姿は私の手本です。
あぐり（私）はエライねと言ってくれた事は
ズーット忘れられません。
ボランティアに地域の為に
これからも一生けん命に動いていくね!!
ありがとう母さん!!

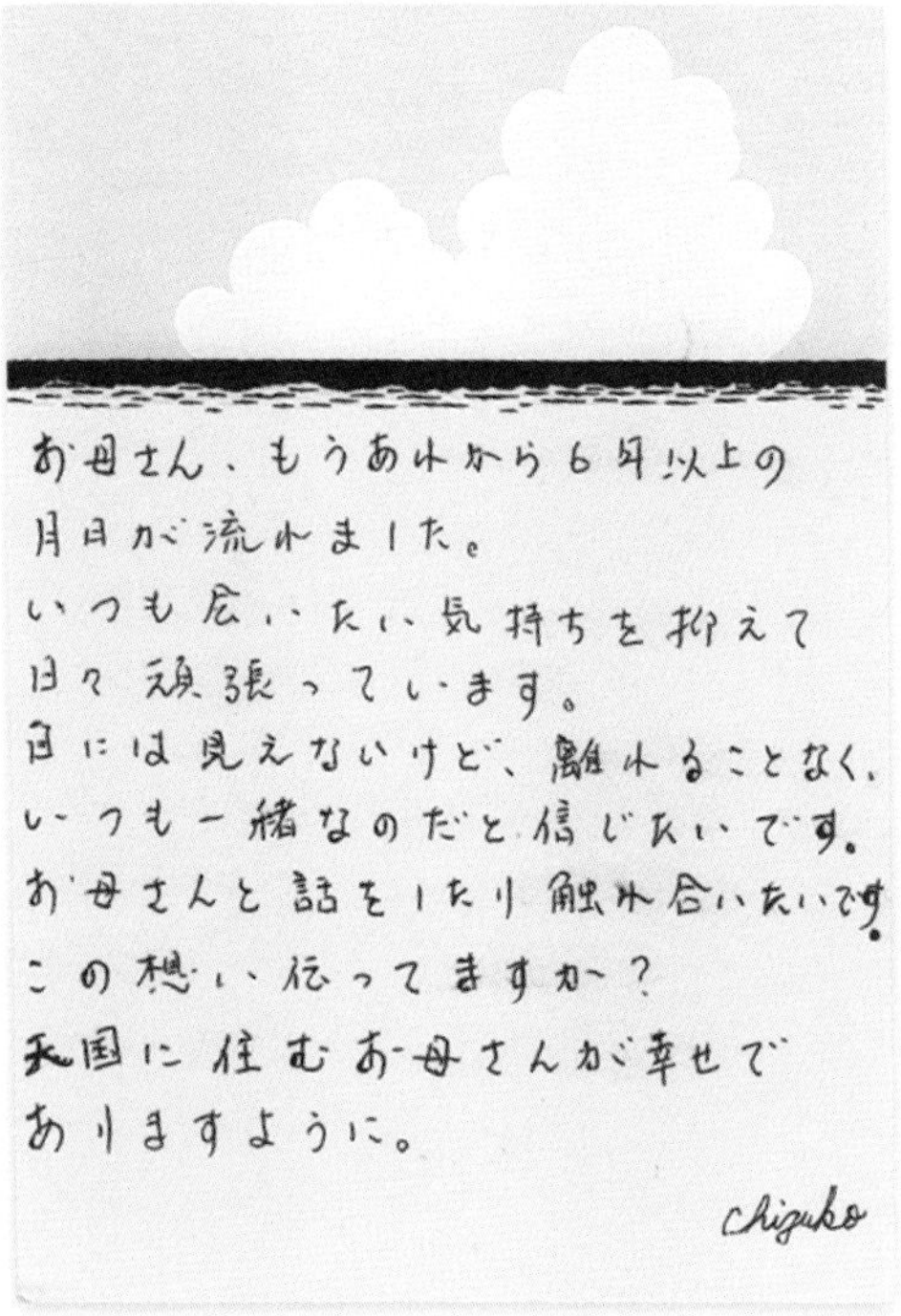

お母さん、

もうあれから6年以上の月日が流れました。

いつも会いたい気持ちを抑えて日々頑張っています。

目には見えないけど、離れることなく、いつも一緒なのだと信じたいです。お母さんと話をしたり触れ合いたいです。

この想い伝ってますか？

天国に住むお母さんが幸せでありますように。

Chizuko

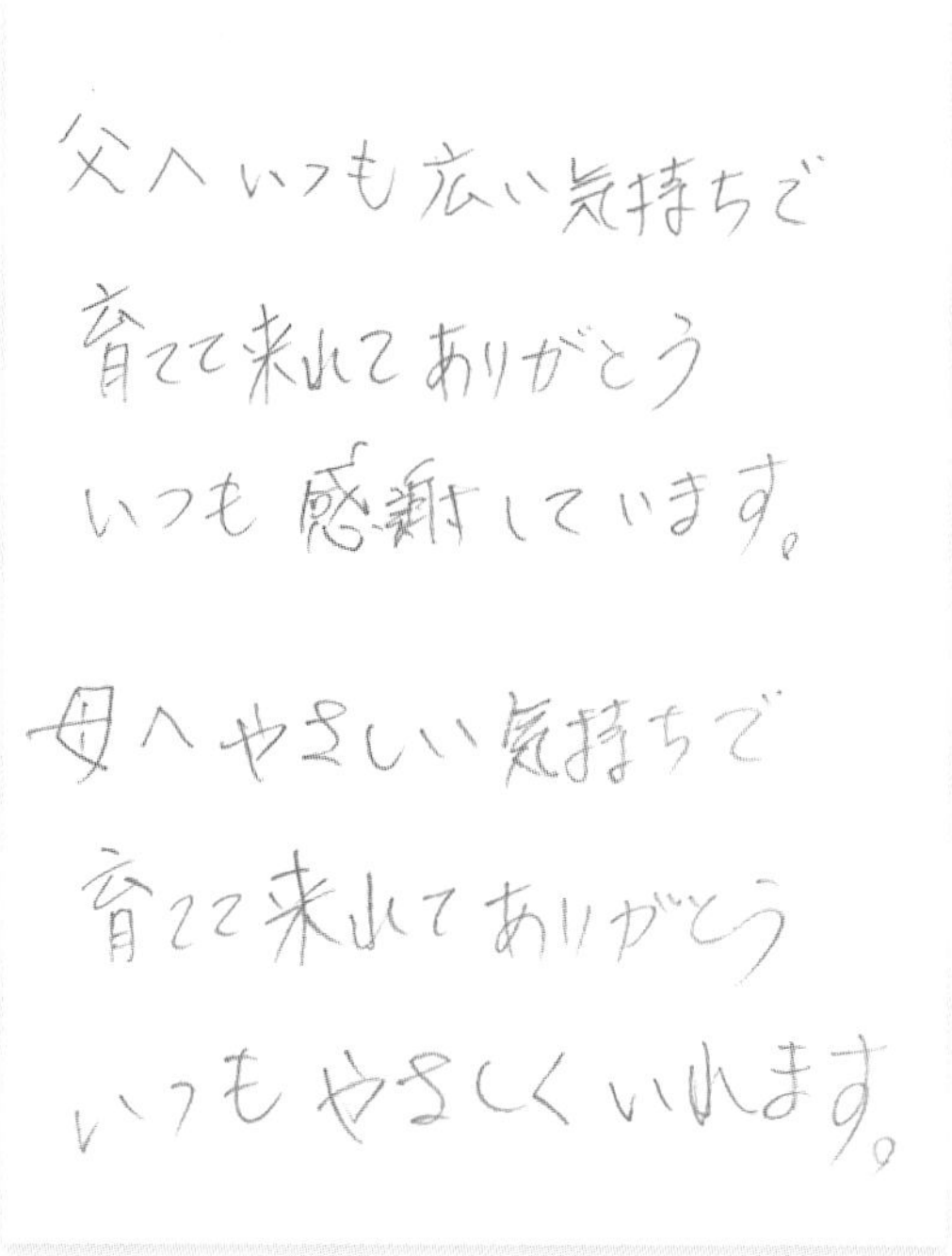
父へ いつも広い気持ちで
育てて来れてありがとう
いつも感謝しています。

母へ やさしい気持ちで
育てて来れてありがとう
いつもやさしくいれます。

父へ

いつも広い気持ちで
育てて来れてありがとう。
いつも感謝しています。

母へ

やさしい気持ちで
育てて来れてありがとう。
いつもやさしくいれます。

お母さん久しぶり
いろいろ思い出沢山あります
ありがとうの言葉も言いない
まゝお別れしましたね。
本当に楽しい事 なつかしく
思い出として心に残っています。

お母さん久しぶり

いろいろ思い出沢山あります。
ありがとうの言葉も
言えないまゝお別れしましたね。
本当に楽しい事
なつかしく思い出として
心に残っています。

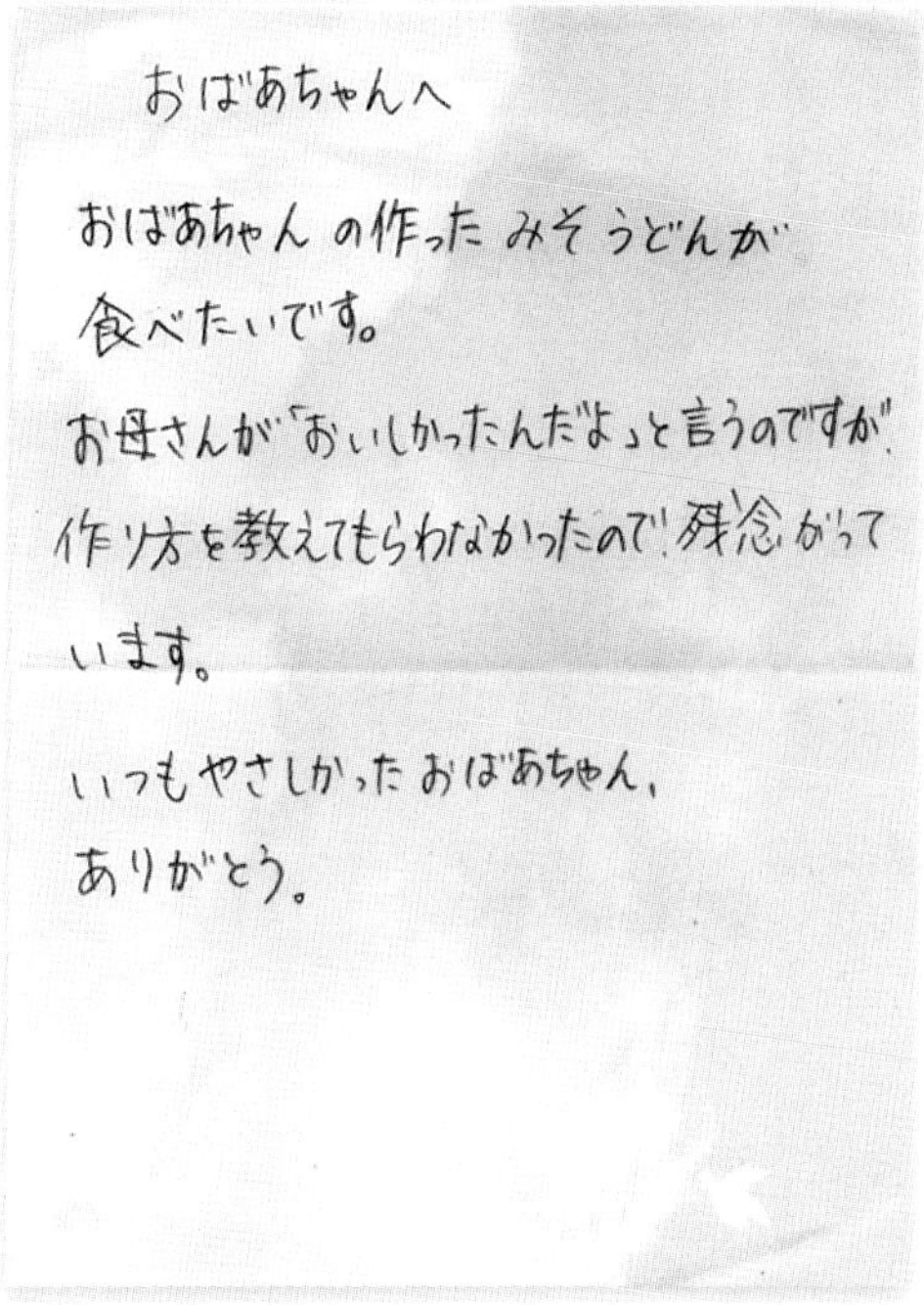
おばあちゃんへ

おばあちゃんの作ったみそうどんが
食べたいです。
お母さんが「おいしかったんだよ」と言うのですが、
作り方を教えてもらわなかったので、残念がって
います。
いつもやさしかったおばあちゃん、
ありがとう。

おばあちゃんへ

おばあちゃんの作った
みそうどんが食べたいです。
お母さんが「おいしかったんだよ」
と言うのですが、
作り方を教えてもらわなかったので
残念がっています。
いつもやさしかったおばあちゃん、
ありがとう。

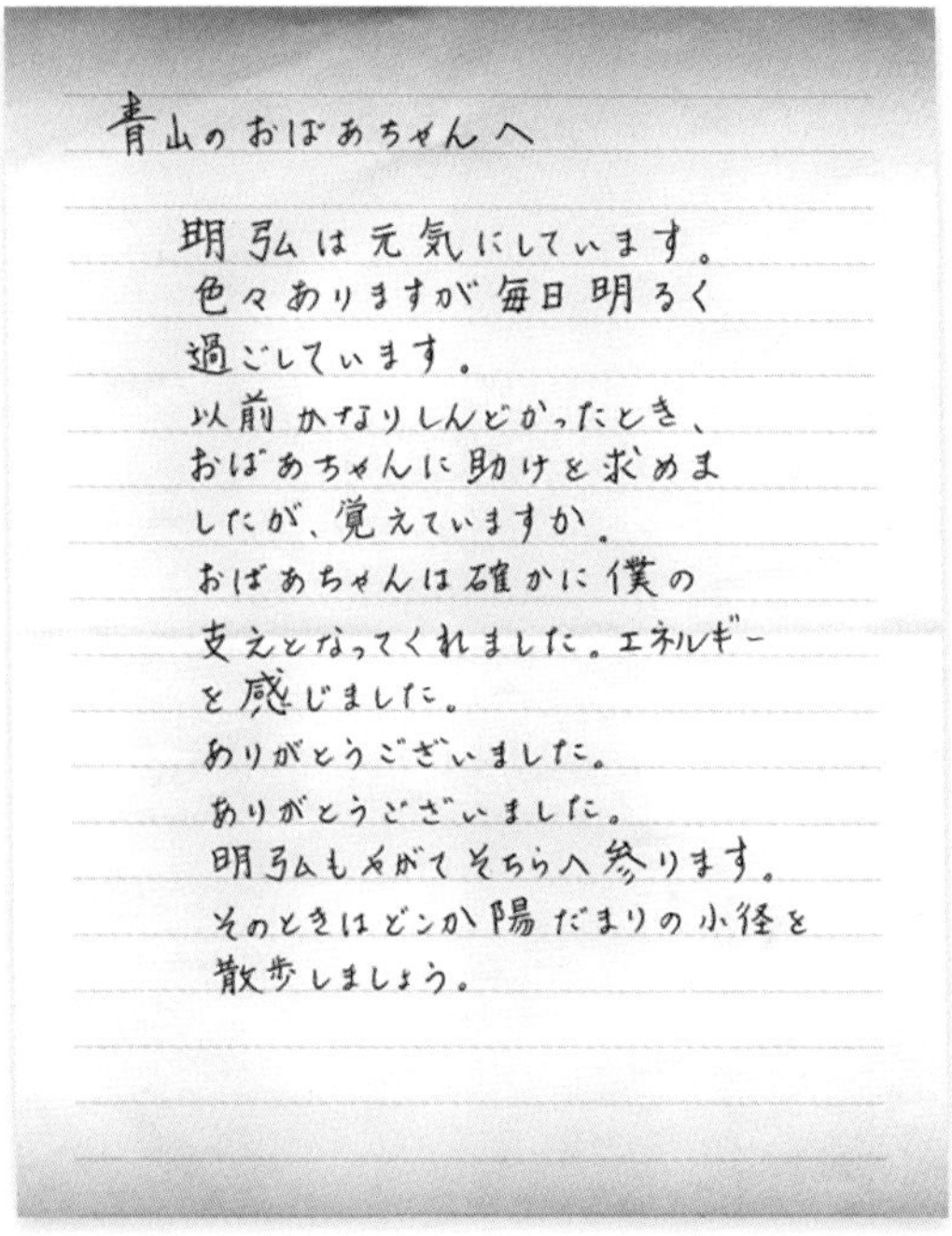
青山のおばあちゃんへ

明弘は元気にしています。
色々ありますが毎日明るく
過ごしています。
以前かなりしんどかったとき、
おばあちゃんに助けを求めま
したが、覚えていますか。
おばあちゃんは確かに僕の
支えとなってくれました。エネルギー
を感じました。
ありがとうございました。
ありがとうございました。
明弘もやがてそちらへ参ります。
そのときはどこか陽だまりの小径を
散歩しましょう。

青山のおばあちゃんへ

明弘は元気にしています。
色々ありますが、毎日明るく過ごし
ています。
以前かなりしんどかったとき、
おばあちゃんに助けを求めましたが、
覚えていますか。
おばあちゃんは
確かに僕の支えとなってくれました。
エネルギーを感じました。
ありがとうございました。
ありがとうございました。
明弘もやがてそちらへ参ります。
そのときはどこか陽だまり小径を
散歩しましょう。

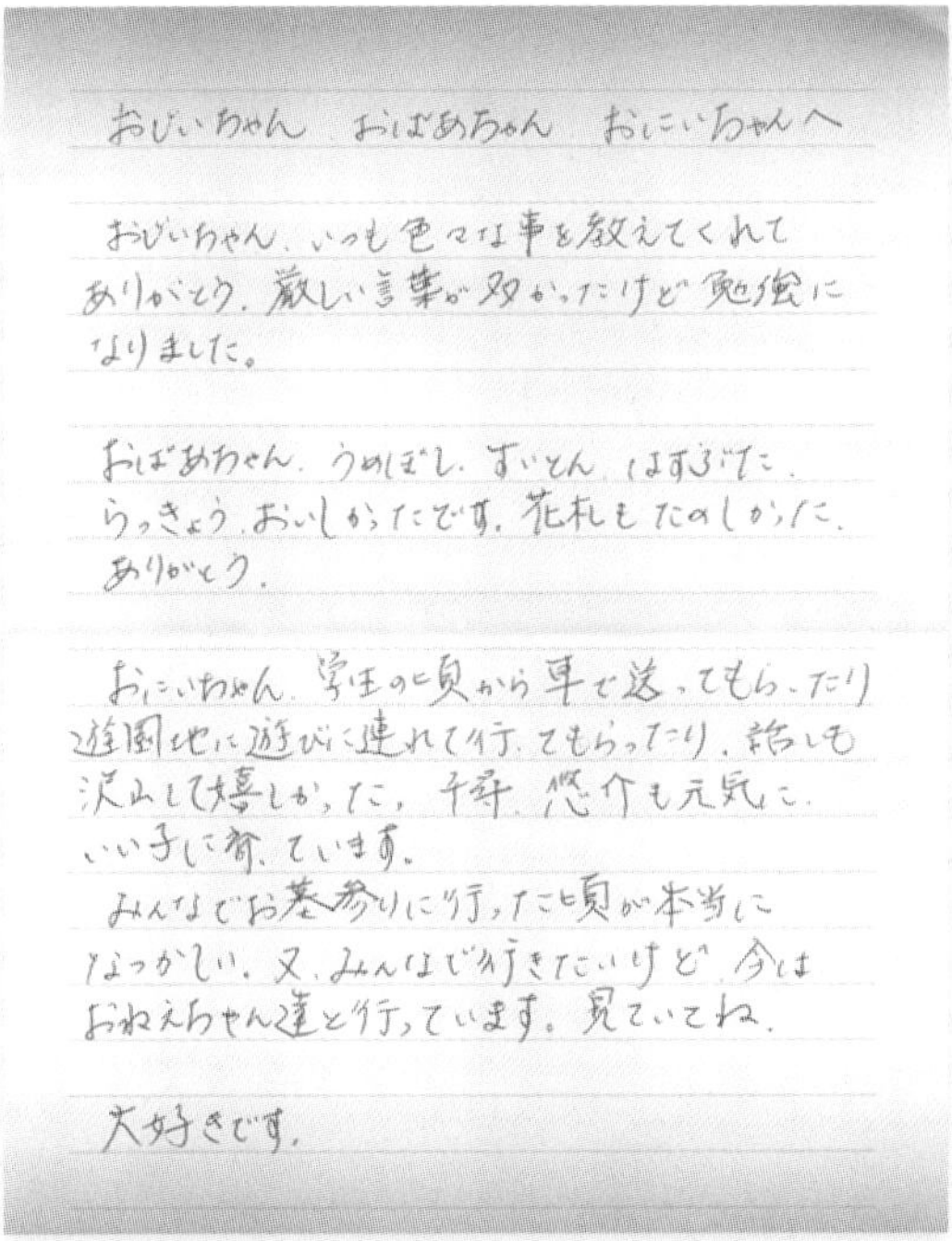
おじいちゃん　おばあちゃん　おにいちゃんへ

おじいちゃん、いつも色々な事を教えてくれてありがとう。厳しい言葉が多かったけど勉強になりました。

おばあちゃん、うめぼし、すいとん、はすぶた、らっきょう、おいしかったです。花札もたのしかった。ありがとう。

おにいちゃん、学生の頃から車で送ってもらったり遊園地に遊びに連れて行ってもらったり、話しも沢山して嬉しかった。千尋、悠介も元気にいい子に育っています。
みんなでお墓参りに行った頃が本当になつかしい。又、みんなで行きたいけど今はおねえちゃん達と行っています。見ていてね。

大好きです。

おじいちゃん　おばあちゃん
おにいちゃんへ

おじいちゃん、
いつも色々な事を教えてくれてありがとう。厳しい言葉が多かったけど勉強になりました。

おばあちゃん、
うめぼし、すいとん、はすぶた、らっきょう、おいしかったです。花札もたのしかった。ありがとう。

おにいちゃん、
学生の頃から車で送ってもらったり、遊園地に遊びに連れて行ってもらったり、話しも沢山して嬉しかった。千尋、悠介も元気にいい子に育っています。
みんなでお墓参りに行った頃が本当になつかしい。又、みんなで行きたいけど、今はおねえちゃん達と行っています。見ていてね。

大好きです。

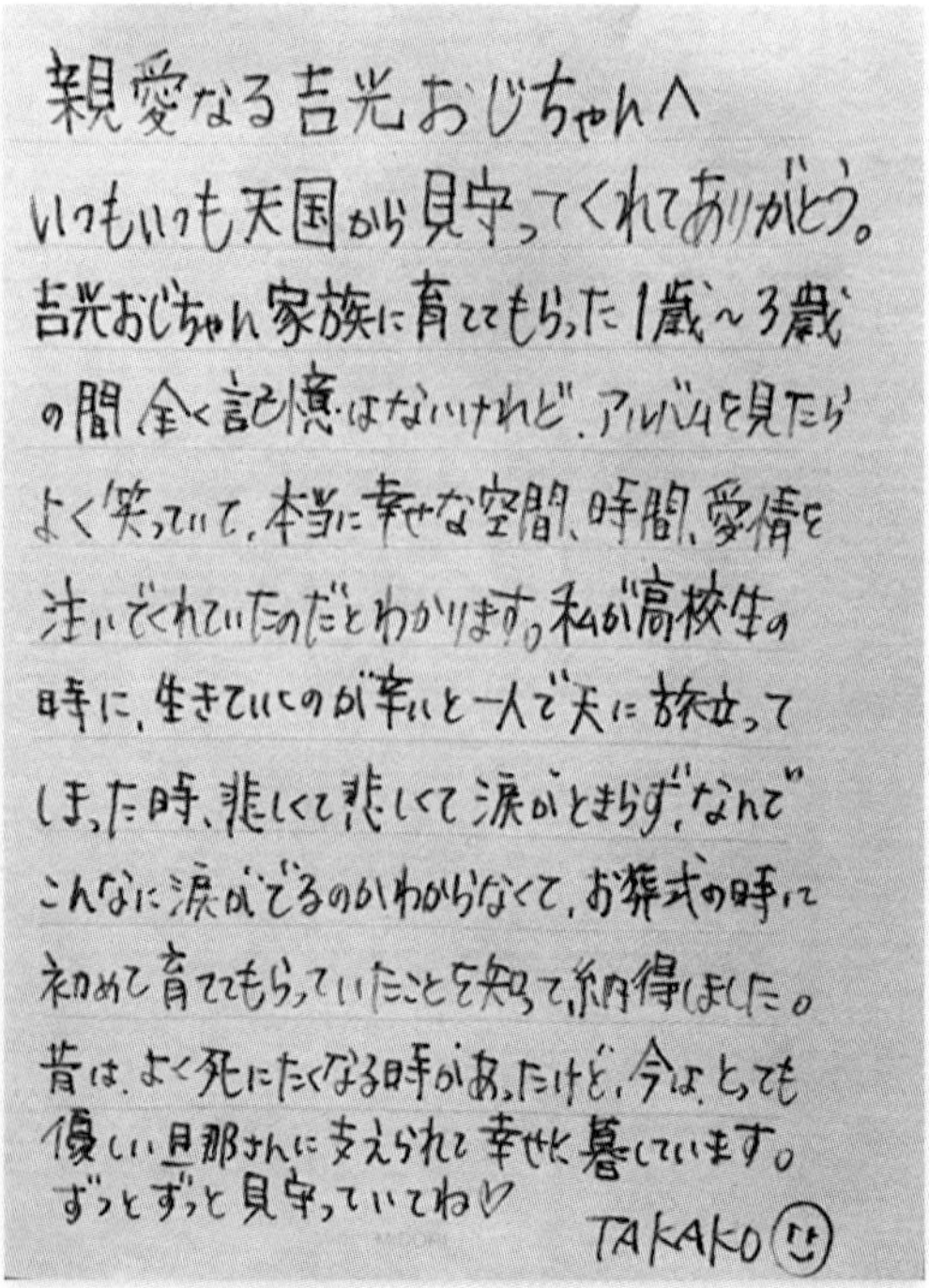
親愛なる吉光おじちゃんへ
いつもいつも天国から見守ってくれてありがとう。
吉光おじちゃん家族に育ててもらった1歳〜3歳
の間 全く記憶はないけれど、アルバムを見たら
よく笑っていて、本当に幸せな空間、時間、愛情を
注いでくれていたのだとわかります。私が高校生の
時に、生きていくのが辛いと一人で天に旅立って
しまった時、悲しくて悲しくて涙がとまらず、なんで
こんなに涙がでるのかわからなくて、お葬式の時に
初めて育ててもらっていたことを知って、納得しました。
昔は、よく死にたくなる時があったけど、今は、とっても
優しい旦那さんに支えられて幸せに暮しています。
ずっとずっと見守っていてね♡
TAKAKO

親愛なる吉光おじちゃんへ

いつもいつも天国から見守ってくれてありがとう。

吉光おじちゃん家族に育ててもらった1歳〜3歳の間全く記憶はないけれど、アルバムを見たらよく笑っていて、本当に幸せな空間、時間、愛情を注いでくれていたのだとわかります。私が高校生の時に、生きていくのが辛いと一人で天に旅立ってしまった時、悲しくて悲しくて涙がとまらず、なんでこんなに涙がでるのかわからなくて、お葬式の時に初めて育ててもらっていたことを知って納得しました。

昔は、よく死にたくなる時があったけど、今は、とっても優しい旦那さんに支えられて幸せに暮らしています。

ずっとずっと見守っていてね♡

TAKAKO

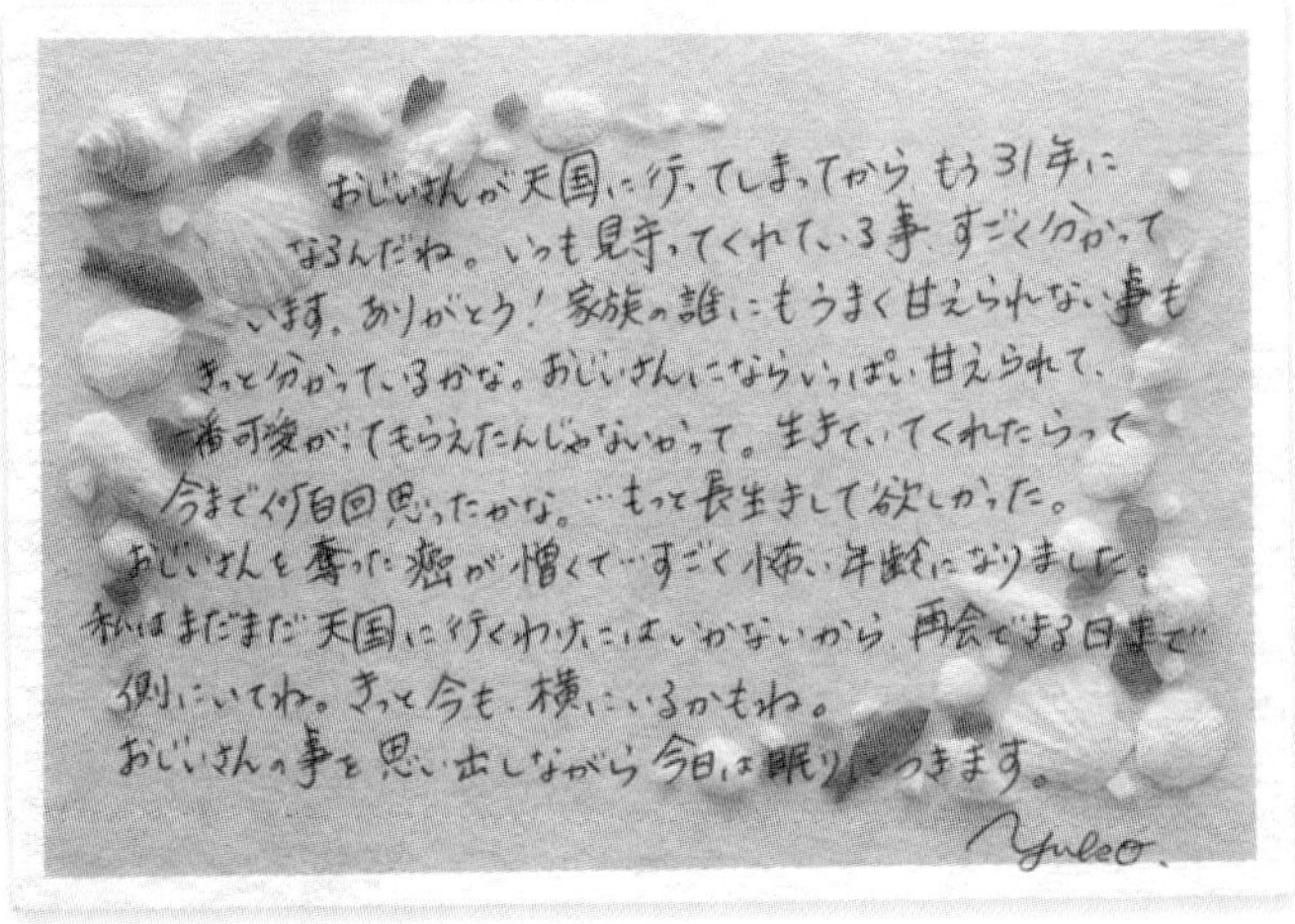

おじいさんが天国へ行ってしまってから、もう31年になるんだね。

いつも見守ってくれている事、すごく分かっています。ありがとう！

家族の誰にもうまく甘えられない事もきっと分かっているかな。

おじいさんにならいっぱい甘えられて、一番可愛がってもらえたんじゃないかって。生きていてくれたらって今まで何百回思ったかな。

……もっと長生きしてほしかった。

おじいさんを奪った癌が憎くて……すごく怖い年齢になりました。

私はまだまだ天国に行くわけにはいかないから再会できる日まで側にいてね。

きっと今も、横にいるかもね。

おじいさんの事を思い出しながら今日は眠りにつきます。

Ｙｕｋｏ

～おじいちゃんへ～

おじいちゃんが天国に行ってから、もう1年経ちましたね。おじいちゃんは
頑固で亭主関白で、おばあちゃんのこと強い口調で呼んでたことが多かった
から、正直苦手でした（苦笑）でもね…脳梗塞になって、あまり話せなくなって
初めて、「もっと色々話しておけば良かったな」って思ったんだ…。そのあとあたし
が結婚する前に、旦那と挨拶しにいったときも、話はできなかったけど、涙流し
ながら頷いてくれたよね。それだけで凄く嬉しかった…
そしてね、もう知ってるかもしれないけど…お腹に赤ちゃんできたんだよ♪なか
なか授かりにくいって言われてたのに…すんなりできた！しかもなんと……出産
予定日がおじいちゃんの誕生日なんだよ!!それを知ってビックリして…涙が止ま
らなかった…。おじいちゃんからの贈り物なんだって、思ったから…！本当は曾孫
の顔を直接見せてあげたかったけど、天国から見ていてね！
元気な赤ちゃんを産むからね！大切な贈りものを本当にありがとう…!!
また、落ち着いたら報告しに行きます♪　　孫の愛弓より．

おじいちゃんへ

おじいちゃんが天国に行ってから、
もう1年経ちましたね。
おじいちゃんは頑固で亭主関白で、
おばあちゃんのこと強い口調で
呼んでたことが多かったから、
正直苦手でした（苦笑）。

でもね……脳梗塞になって、
あまり話せなくなって、
初めて、
「もっと色々話しておけば良かったな」って
思ったんだ……。

そのあとあたしが結婚する前に、
旦那と挨拶しにいったときも、
話はできなかったけど、
涙流しながら頷いてくれたよね。
それだけで凄く嬉しかった……！

そしてね、
もう知ってるかもしれないけど……
お腹に赤ちゃんができたんだよ♪
なかなか授かりにくいって言われてたのに……
すんなりできた！
しかもなんと……
出産予定日がおじいちゃんの誕生日なんだよ!!
それを知ってビックリして……
涙が止まらなかった……。

おじいちゃんからの
贈り物なんだって、思ったから……！
本当は曾孫の顔を直接見せてあげたかったけど、
天国から見ていてね！
元気な赤ちゃんを産むからね！
大切な贈りものを本当にありがとう……!!
また、落ち着いたら報告しに行きます♪

孫の愛弓より

8
COLUMN
コラム

人生を救ってくれた愛犬への手紙

「姿は見えないけど、一緒にいてくれる」
天国のペットとふたりのかわいいサンタの物語

去年のクリスマスの朝、赤澤久美子《あかざわくみこ》さんが起きると、枕元に素敵なプレゼントがありました。亡くなったペットの大輔《だいすけ》と姫《ひめ》、それに双子の娘たちの幼いころの写真が貼られたボードです。

添えられた2通の手紙を読み、かわいいふたりのサンタがくれたプレゼントだとわかりました。クスリと笑ったあと、涙がこぼれてきました。

赤澤さんは、1995年12月に結婚し、ご主人の仕事の都合でアメリカ暮らしを始めました。ご主人は旅行会社を経営しており、赤澤さんがアメリカへの留学のチケットを申し込んだことが出会いのきっかけでした。

まもなく双子の女の子が生まれ、赤澤さんは異国での慣れない子育てに追われるようになります。しかし、そんな赤澤さんの苦労を横目で見ながら、ご主人はゴルフ三昧の毎日で、子どもたちの面倒はいっさいみようとしません。

子どもをお風呂に入れることさえ、一度もしようとしない夫。娘たちへの愛情の片鱗も感じられない姿に、違和感が大きくなるばかりでした。

悩み、迷い、行き詰まる生活のなかでバセドウ病を発症した赤澤さん。現在ではほとんど完治しましたが、当時は疲労倦怠感や動悸・息切れなどの症状に苦しみました。そんな日々のなか、気持ちを慰めてくれたのが、娘たちの成長と2匹のペットたちでした。

大輔と姫は、どちらもテリアの一種。黒い大輔のあとを、いつもついて回る白い姫。愛らしい2匹が元気に走りまわる姿を見ていると、つらい日々を一時、忘れて癒されるのでした。

子育てに奮闘のなか離婚し、帰国不安があるなか、テリア犬に癒されて

2007年年11月、悩んだ末に離婚して娘たちとともに日本に帰国。しかし、そのメンバーのなかに大輔はいませんでした。離婚を巡る騒動が続いていたその年の5月、大輔は12歳で天に召されてしまったのです。

そんなわけで、母と娘ふたりと姫とで帰国し、日本での生活が始まりました。帰国してからも、働きながらひとりで娘たちを育てる毎日のなかで、赤澤さんはいろいろな悩みや不安に襲われます。

「離婚してよかったのか」「娘たちに余計な苦労をかけることになったのではないか」「こんな子育てで本当にいいのかな」

娘たちが多感な年ごろになり、うまくコミュニケーションをとれなくなると、さらに自信が失われ、自問自答する日々が続きました。

そんなときも、かわいらしい姫がパタパタと駆け寄ってくると、気持ちが慰められました。ところが、その姫も去年の5月、14歳で大輔のもとに旅立ってしまったのです。

旅立った犬たちの代わりに母へ娘たちが贈ったのは……

いつもそばにいた小さな存在が、2匹から1匹になり、とうとういなくなってしまった寂しさは、たとえようもありません。そんな赤澤さんを、口には出さずにやさしく見守ってくれたのが、双子の娘さん、りおかさんとほのかさんでした。

中学2年生という多感な時期に差しかかったふたりは、お母さんの苦労を知ってはいても、素直に感謝の気持ちや、姫を失ったことへの慰めを口にでき

ずにいました。ときには反抗的な態度をとって、母子の関係が険しくなることもありました。

　それでも、お母さんを元気づけたいという思いから、自分たちがサンタになってプレゼントを贈ることを思い立ちます。

「私たちの小さいときの写真が欲しい」というふたりに、「なにに使うの？」と聞くと「友だちが欲しがっているから」という返事。「友だちが？」と少し不思議に思った赤澤さんでしたが、まさかそんな計画が進んでいるとは夢にも思いませんでした。

　そしてクリスマスの朝、思いがけないサプライズが……。自分の宝物であるふたりと2匹の写真が素敵に治まったボードの裏にはこう書いてありました。

「りおか♡まま♡ほのか♡ひめ♡だいすけがず――――っと仲良くいれますように♡」

　添えてある手紙には、普段は聞けない娘たちからの感謝の言葉がつづられています。それを読むと、これまでの苦労が吹っ飛び、感動の涙があふれました。


　思いがけないプレゼントで、赤澤さんは元気を取り戻しました。

　元気を取り戻した理由が、もうひとつあります。それは、姿こそ見えないものの、最近、大輔と姫が「あ、遊びにきているな」とわかる瞬間があること。

「プレゼントのボードの裏に書いてあったことが、実現しているのかもしれませんね」と笑う赤澤さん。そんな大輔と姫に向けて手紙を書き、天国ポストに投函しました。

「悩みながら、自信をなくしながらやってきた子育てでしたが、『頑張ってきてよかったな』と思っています。これからもふたりの娘を応援しながら頑張っていけそうです」

　と赤澤さんはうれしそうに語ってくれました。

ままへ
いつもありがとう♡
最近こわれてるけど、そんな私を
どうにかしてください!!
これからもたくさん迷惑かけ
ます!! よろしくね♡
りおか

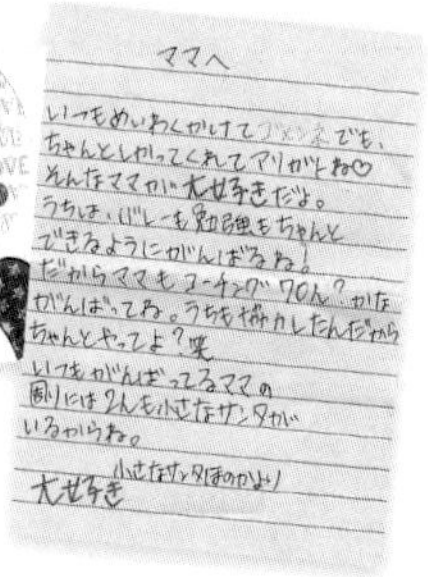
ママへ
いっつもめいわくかけて でも、
ちゃんとしかってくれてアリガトね♡
そんなママが大好きだよ。
うちは、バレーも勉強もちゃんと
できるようにがんばるね！
だからママもコーチング
がんばってね。うちも協力したんだから
ちゃんとやってよ？笑
いつもがんばってるママの
周りには2人も小さなサンタが
いるからね。
大好き　小さなサンタほのかより

娘からの手紙

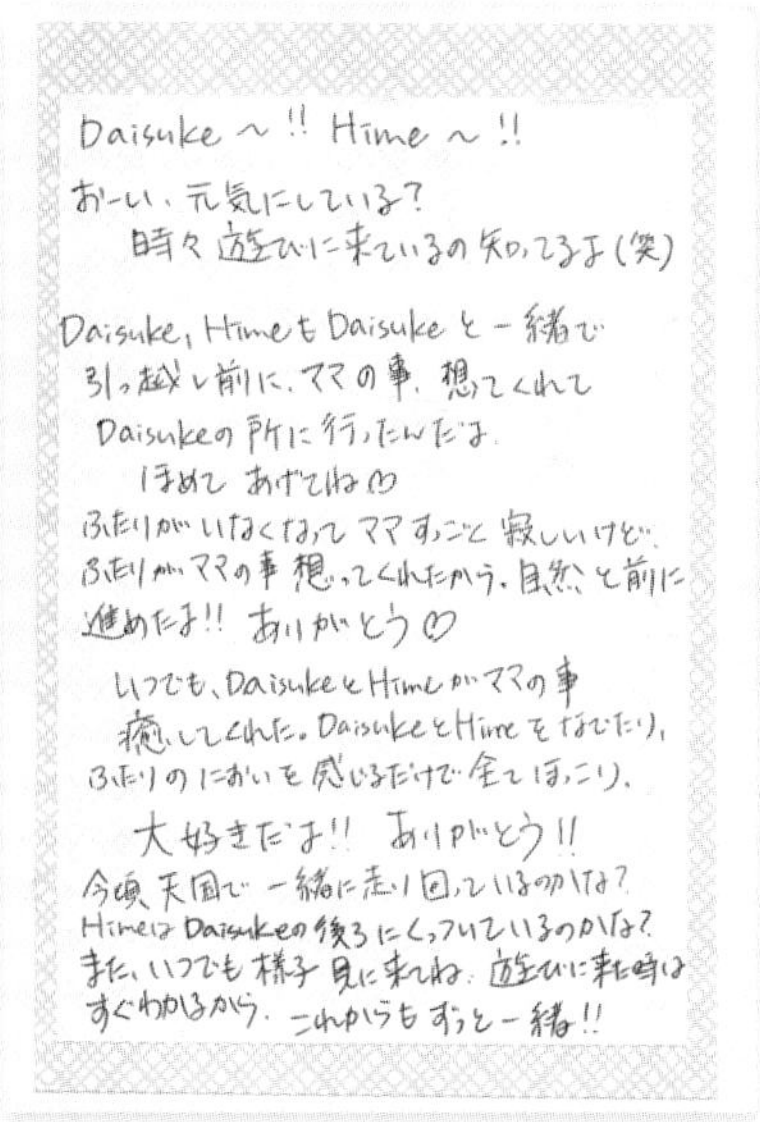
Daisuke～!! Hime～!!
おーい、元気にしている?
時々遊びに来ているの知ってるよ(笑)
Daisuke, HimeもDaisukeと一緒で
引っ越し前に、ママの事、想ってくれて
Daisukeの所に行ったんだよ。
ほめてあげてね♡
ふたりがいなくなってママすごく寂しいけど、
ふたりがママの事想ってくれたから、自然と前に
進めたよ!! ありがとう♡
いつでも、DaisukeとHimeがママの事
癒してくれた。DaisukeとHimeをなでたり、
ふたりのにおいを感じるだけで全てほっこり。
大好きだよ!! ありがとう!!
今頃、天国で一緒に走り回っているのかな?
HimeはDaisukeの後ろにくっついているのかな?
また、いつでも様子見に来てね。遊びに来た時は
すぐわかるから。これからもずっと一緒!!

Ｄａｉｓｕｋｅ～!!　Ｈｉｍｅ～!!
おーい、元気にしている?
時々遊びに来ているのを知ってるよ(笑)。
Ｄａｉｓｕｋｅ、ＨｉｍｅもＤａｉｓｕｋｅと
一緒で引っ越し前に、ママの事、想ってくれて
Ｄａｉｓｕｋｅの所に行ったんだよ。
ほめてあげてね♡
ふたりがいなくなってママすごく寂しいけど、
ふたりがママの事想ってくれたから、自然と前に
進めたよ!!　ありがとう♡
いつでもＤａｉｓｕｋｅとＨｉｍｅがママの事
癒してくれた。
ＤａｉｓｕｋｅとＨｉｍｅをなでたり、
ふたりのにおいを感じるだけで全てほっこり。
大好きだよ!!ありがとう!!
今頃、天国で一緒に走り回っているのかな?
ＨｉｍｅはＤａｉｓｕｋｅの後ろに
くっついているのかな?
また、いつでも様子見に来てね。
遊びに来た時はすぐわかるから。
これからもずっと一緒!!

POST CARD

くまちゃん 久しぶり。
元気に走り回ってる？
ごはんもガツガツ食べてる？
天国へ旅立つとき
せいいっぱいの声で
ニャーって鳴いてくれたね。
さいごにあいさつしてもらって
ほんとうにうれしかったんだ。
くまのいない日々はさみしくて
しばらく記憶がないくらいだけど
2年が経って新しいニャンコを
もらうことになったの。
あなたの後輩たち。
ワンパクで、ガッツキで甘えん坊
なところはくまちゃんと同じね。
だからそのうち、ストーブでやけど
したり、おフロに落ちたり…
同じ失敗をしそうでハラハラしてる。
「それ熱いよ！」「そこ、ずぶぬれ
になるヨ！」って、天国から
教えてあげてね。

くまちゃん 15年間
ほんとうにありがとう!!
これからもずっと大好きよ♡

海ちゃん ©Iwago Mitsuaki

Crevis Co. Ltd　www.crevis.co.jp

くまちゃん、久しぶり。

元気に走りまわってる？
ごはんもガツガツ食べてる？
天国へ旅立つとき
せいいっぱいの声で
ニャーって鳴いてくれたね。
さいごにあいさつしてもらって
ほんとうにうれしかったんだ。
くまのいない日々はさみしくて
しばらく記憶がないくらいだけど
2年が経って新しいニャンコをもらうことになったの。
あなたの後輩たち。
ワンパクでガッツキで甘えん坊なところはくまちゃんと同じね。
だからそのうち、ストーブでやけどしたり、
おフロに落ちたり……同じ失敗をしそうでハラハラしてる。
「それ熱いヨ！」「そこ、ずぶぬれになるヨ！」って
天国から教えてあげてね。
くまちゃん、15年間ほんとうにありがとう!!
これからもずっと大好きよ♡

天国のメリーへ

メリーちゃんがえみこの誕生日に
急に天国へ行ってしまって
びっくりしたよ。
天国で元気でいるかな？
ジョンは17歳になるけれど、
まだ元気でいるよ♡

恵美子・理恵

トラ、ポチこ、

天国でも元気でいますか？
私はまだ天国には行けませんが
私が行くまで待っててネ

9
COLUMN
コラム

慰霊の意味を込めて打ち上げる長岡花火

空に咲く一瞬の花に亡き人への思いを込める

諸外国ではお祝いの意味で打ち上げられることが多い花火。もちろん日本でも、お祝いや景気づけの花火が多々あるのは同じです。しかし、日本の場合、もっと幅広い意味を花火に込めることがあります。

その意味で特徴的なのが、毎年、8月に打ち上げられる「白菊」という花火。新潟県長岡市で行われる「長岡まつり」の前夜に上がるこの花火は、いまから71年前の1945年8月1日、太平洋戦争末期の長岡空襲で亡くなった人を悼む慰霊の花火として知られています。

この日、10時30分から1時間40分に渡って、空をおおうように125機ものB29大型爆撃

機が現れ、おびただしい数の爆弾が投下されました。市街地の約8割が焼け野原と化し、1486人の尊い命が失われたのです。その1年後、慰霊と復興を願って行われた「長岡復興祭」が長岡まつりの前身。つまり、お祭りそのものに慰霊の意味があるのです。

前夜祭である8月1日空襲が始まった時刻の10時30分と、2日・3日の花火大会冒頭には、「慰霊の白菊」と名づけられた大輪の花火が打ち上げられるのが恒例になっています。長岡花火は、慰霊と平和を祈る花火として多くの共感を呼び、〝世界一〟ともいわれています。

熟年世代の恋愛や人生観を描いて話題を呼んでいる弘兼憲史さんのシリーズ漫画『黄昏流星群（48）』（弘兼憲史・小学館ビッグコミックス・2014）にも、長岡花火大会のシーンが登場します。

長岡花火では、本番前に、個人がスポンサーになって好きなメッセージをアナウンスしてもらえる「メッセージ花火」が打ち上げられます。『黄昏流星群（48）』、天空の星花・第2話では、主人公がこのメッセージ花火でプロポースをするのですが、その前に、亡くなった幼い我が子へのメッセージが読み上げられるシーンが出て来ます。ストーリーと直接の関係はないものの、亡き我が子への語りかけが胸を打ちます。

メッセージ花火「めぐ、見えるかい？」

毎年、おまえと　いつも明るかった、めぐ。
見ていた花火、「空の上」から観る
今年は残念ながら　今年の花火は
一緒に見ることは　どうですか？
出来ません。

弘兼憲史『黄昏流星群（48）天空の星花』（小学館）P86より

長岡花火に限らず、花火を空に手向ける花と見立て、亡き人への想いを託すのは、日本人のメンタルに合っているように思えます。もう合えない人に伝えたい想いがあるとき、花火を眺めながら心の内でつぶやいてみるのも、いい方法かもしれません。

そして、想いを文字にしたくなったら、どうぞ書き記して、天国ポストに投函してみてください。

天国のおじいちゃんへ
元気にしてますか?
庭でやった花火大会
楽しかったよ。うち上げ
花火をやるので天
国から見てください
日[illegible]より
し練字きたなくてごめんなさい

天国のおじいちゃんへ

元気にしてますか？
庭でやった花火大会楽しかったよ。
うち上げ花火をやるので
天国から見てください。

昭《しょう》より
（字きたなくてごめんね）

じぃじへ
換気扇修理なんて頼んでごめんね。
頼んでいなかったら、もう少し長生きしてくれていたかな…。
孫の顔を見てもらえなかったことが
残念です。ごめんなさい。
娘より

じぃじへ

換気扇修理なんて頼んでごめんね。
頼んでいなかったら、
もう少し長生きしてくれていたかな……。
孫の顔を見てもらえなかったことが
残念です。
ごめんなさい。

娘より

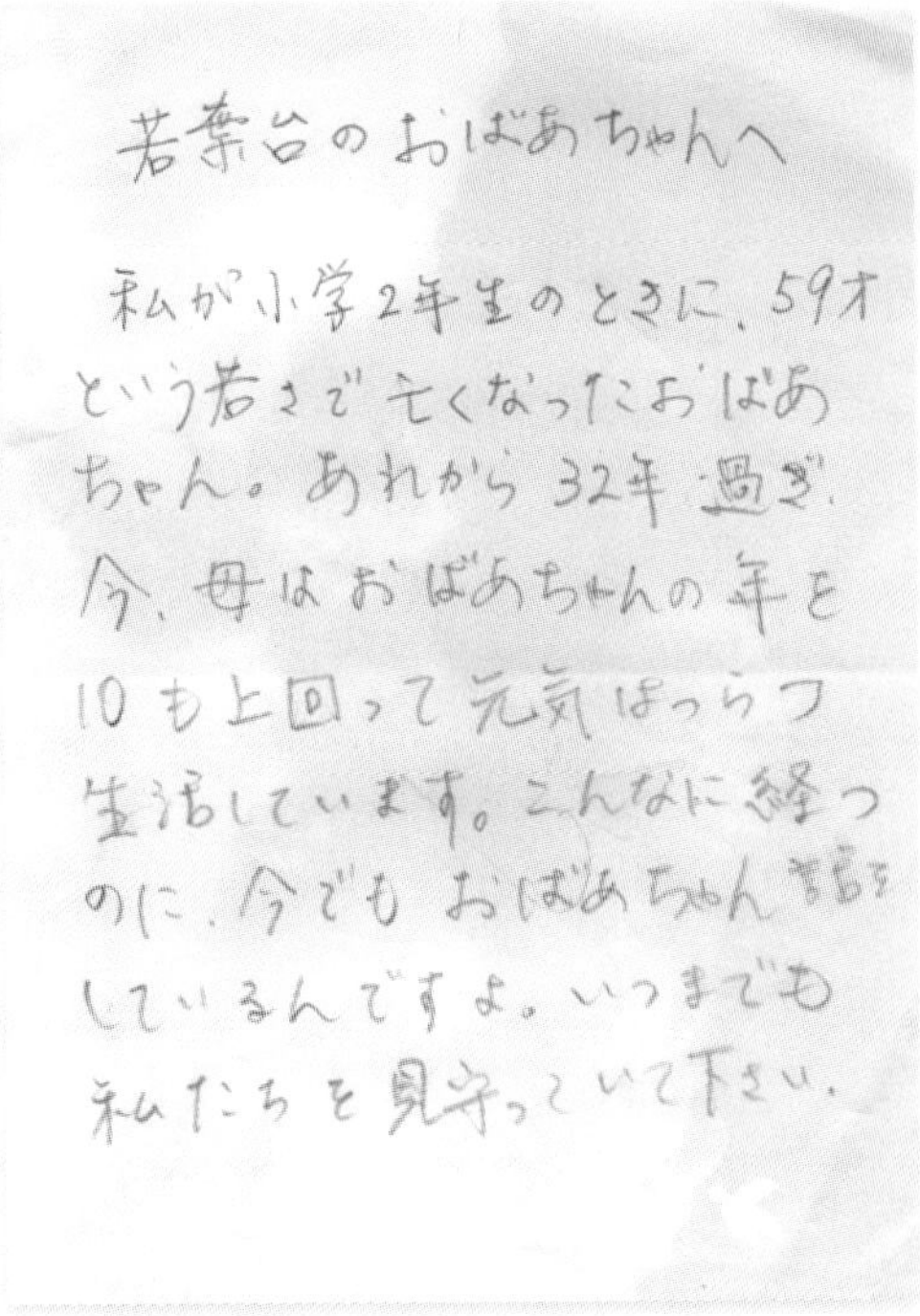
若葉台のおばあちゃんへ

私が小学2年生のときに、59才という若さで亡くなったおばあちゃん。あれから32年過ぎ、今、母はおばあちゃんの年を10も上回って元気はつらつ生活しています。こんなに経つのに、今でもおばあちゃん話をしているんですよ。いつまでも私たちを見守っていて下さい。

若葉台のおばあちゃんへ

私が小学2年生のときに、
59才という若さで亡くなった
おばあちゃん。
あれから32年過ぎ、
今、母はおばあちゃんの年を
10も上回って
元気はつらつ生活しています。
こんなに経つのに、
今でもおばあちゃん話を
しているんですよ。
いつまでも私たちを
見守っていて下さい。

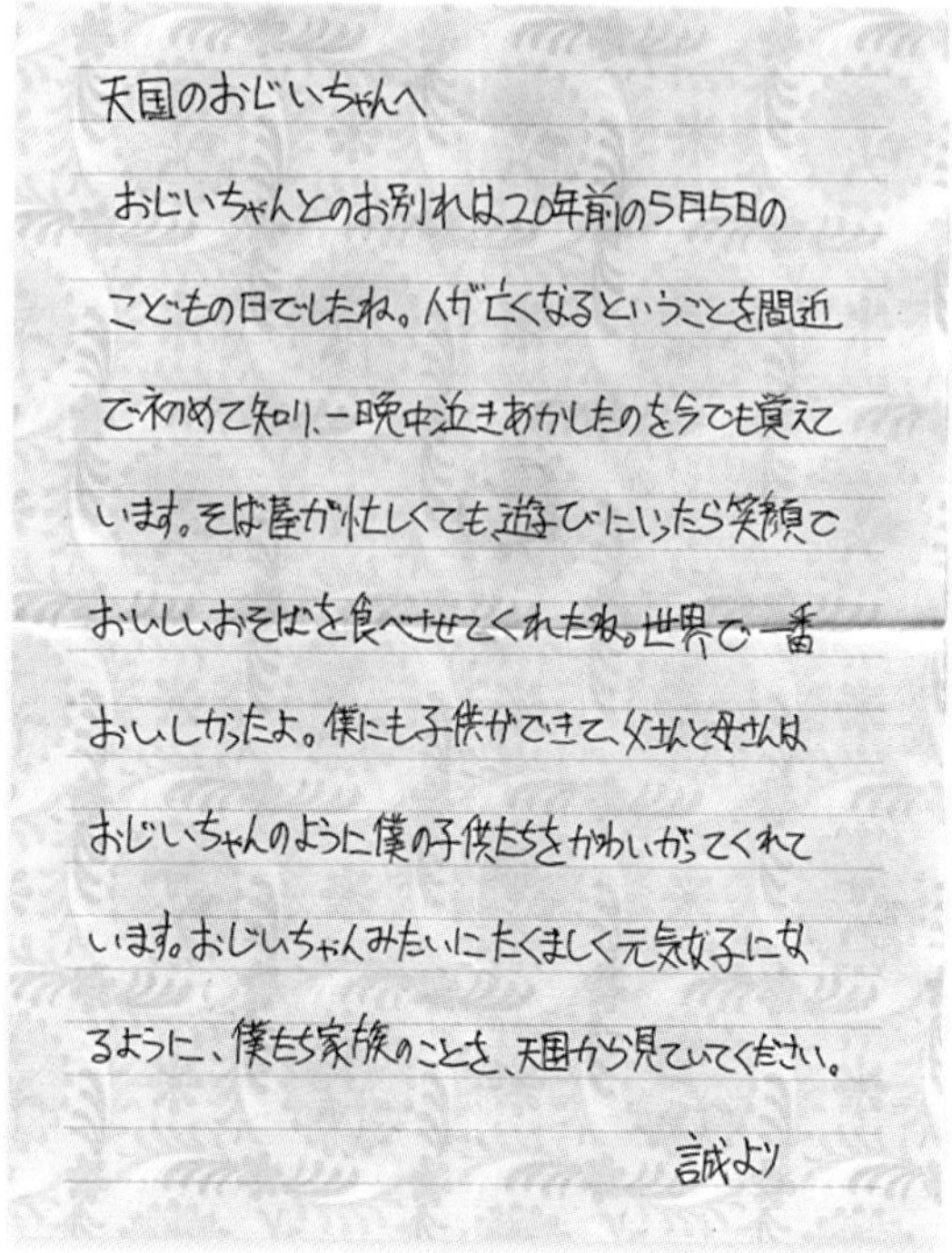
天国のおじいちゃんへ

おじいちゃんとのお別れは20年前の5月5日のこどもの日でしたね。人が亡くなるということを間近で初めて知り、一晩中泣きあかしたのを今でも覚えています。そば屋が忙しくても遊びにいったら笑顔でおいしいおそばを食べさせてくれたね。世界で一番おいしかったよ。僕にも子供ができて、父さんと母さんはおじいちゃんのように僕の子供たちをかわいがってくれています。おじいちゃんみたいにたくましく元気な子になるように、僕たち家族のことを、天国から見ていてください。

誠より

天国のおじいちゃんへ

おじいちゃんとのお別れは20年前の5月5日のこどもの日でしたね。人が亡くなるということを間近で初めて知り、一晩中泣きあかしたのを今でも覚えています。そば屋が忙しくても遊びにいったら笑顔でおいしいおそばを食べさせてくれたね。世界で一番おいしかったよ。僕にも子供ができて、父さんと母さんはおじいちゃんのように僕の子供たちをかわいがってくれています。おじいちゃんみたいにたくましく元気な子になるように、僕たち家族のことを、天国から見ていてください。

誠より

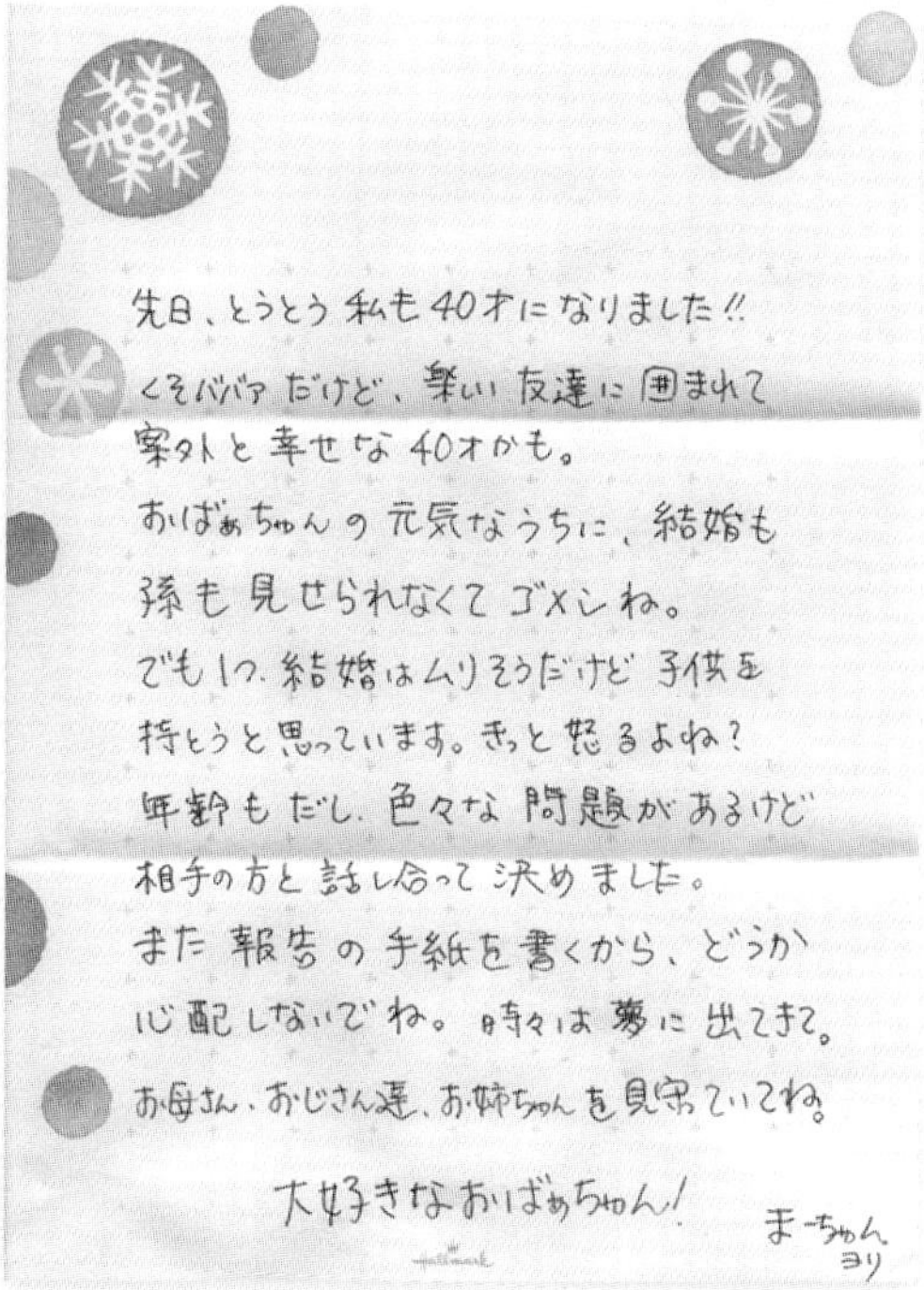

先日、とうとう私も40才になりました!!
くそババアだけど、楽しい友達に囲まれて
案外と幸せな40才かも。
おばあちゃんの元気なうちに、結婚も
孫も見せられなくてゴメンね。
でも1つ、結婚はムリそうだけど子供を
持とうと思っています。きっと怒るよね?
年齢もだし、色々な問題があるけど
相手の方と話し合って決めました。
また報告の手紙を書くから、どうか
心配しないでね。時々は夢に出てきて。
お母さん、おじさん達、お姉ちゃんを見守っていてね。
大好きなおばあちゃん!
まーちゃんヨリ

先日、とうとう私も40才になりました!!
くそババアだけど、楽しい友達に囲まれて
案外と幸せな40才かも。
おばあちゃんの元気なうちに、結婚も孫も見せられなくてゴメンね。
でも1つ、結婚はムリそうだけど子供を持とうと思っています。きっと怒るよね?
年齢もだし、色々な問題があるけど相手の方と話し合って決めました。
また報告の手紙を書くから、どうか心配しないでね。時々は夢に出てきて。
お母さん、おじさん達、お姉ちゃんを見守っていてね。
大好きなおばあちゃん!

まーちゃんヨリ

お母さん

私のところからは お母さんが
見えません。お母さんからは
見えていますか？
最後の日の 日めくりも あの日の
まま、片付けることができないでいます。
それでも 思い出して すぐ 泣いて
しまう事は だいぶ少なくなったように
思います。"元気一番" お母さんが
書いてくれたものを みると
元気が出ると同時に また泣けてくる。
私はあなたの娘ですから
強いはず。すぐに 笑顔になるからね。
どこかで見ていて下さい。
じゃあ、またね。

お母さん

私のところからはお母さんが見えません。
お母さんからは見えていますか？
最後の日の日めくりもあの日のまま、
片付けることができないでいます。
それでも思い出して
すぐ泣いてしまう事は
だいぶ少なくなったように思います。
〝元気が一番〟
お母さんが書いてくれたものをみると
元気が出ると同時にまた泣けてくる。
私はあなたの娘ですから
強いはず。
すぐに笑顔になるからね。
どこかで見ていて下さい。
じゃあ、またね。

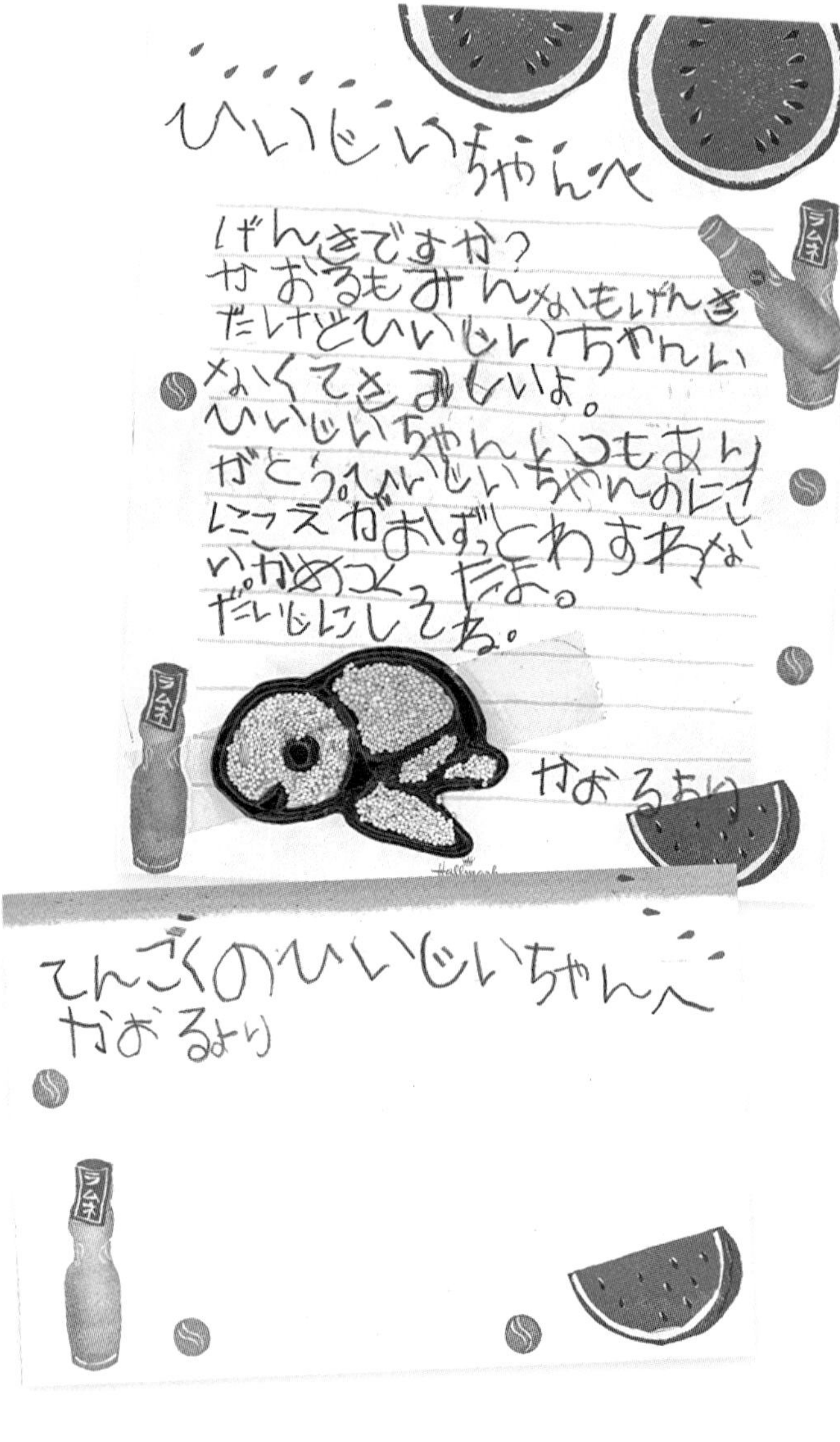

ひいじいちゃんへ
げんきですか？
かおるもみんなもげんき
だけどひいじいちゃんい
なくてさみしいよ。
ひいじいちゃんいつもあり
がとう。ひいじいちゃんのにこ
にこえがおはずっとわすれな
いかめつくったよ。
だいじにしてる。
かおるより
ラムネ
てんごくのひいじいちゃんへ
かおるより

ひいじいちゃんへ

げんきですか？
かおるもみんなもげんきだけど
ひいじいちゃん　いなくてさみしいよ。
ひいじいちゃん　いつもありがとう。
ひいじいちゃんのにこにこえがお
ずっとわすれない。
かめつくったよ。だいじにしてね。

てんごくのひいじいちゃんへ
かおるより

なっちゃんへ

なっちゃんが側にいなくなって、もう
7年が過ぎてしまったね。でもね。
今でも私たち家族は毎日のようになっちゃんの
写真に話しかけ、なっちゃんのことを話しているよ。
今年も、なっちゃんとの思い出の詰まった
ラズベリーが庭ですくすく育っています。
実がなる頃までに、せめて一度くらいは
夢にでてきてね。

さやか

なっちゃんへ

なっちゃんが側にいなくなって
もう7年がすぎてしまったね。
でもね。
今でも私たち家族は毎日のように
なっちゃんの写真に話しかけ、
なっちゃんのことを話しているよ。
今年も、なっちゃんとの思い出の詰まった
ラズベリーが庭ですくすく育っています。
実がなる頃までに
せめて一度くらいは
夢に出てきてね。

さやか

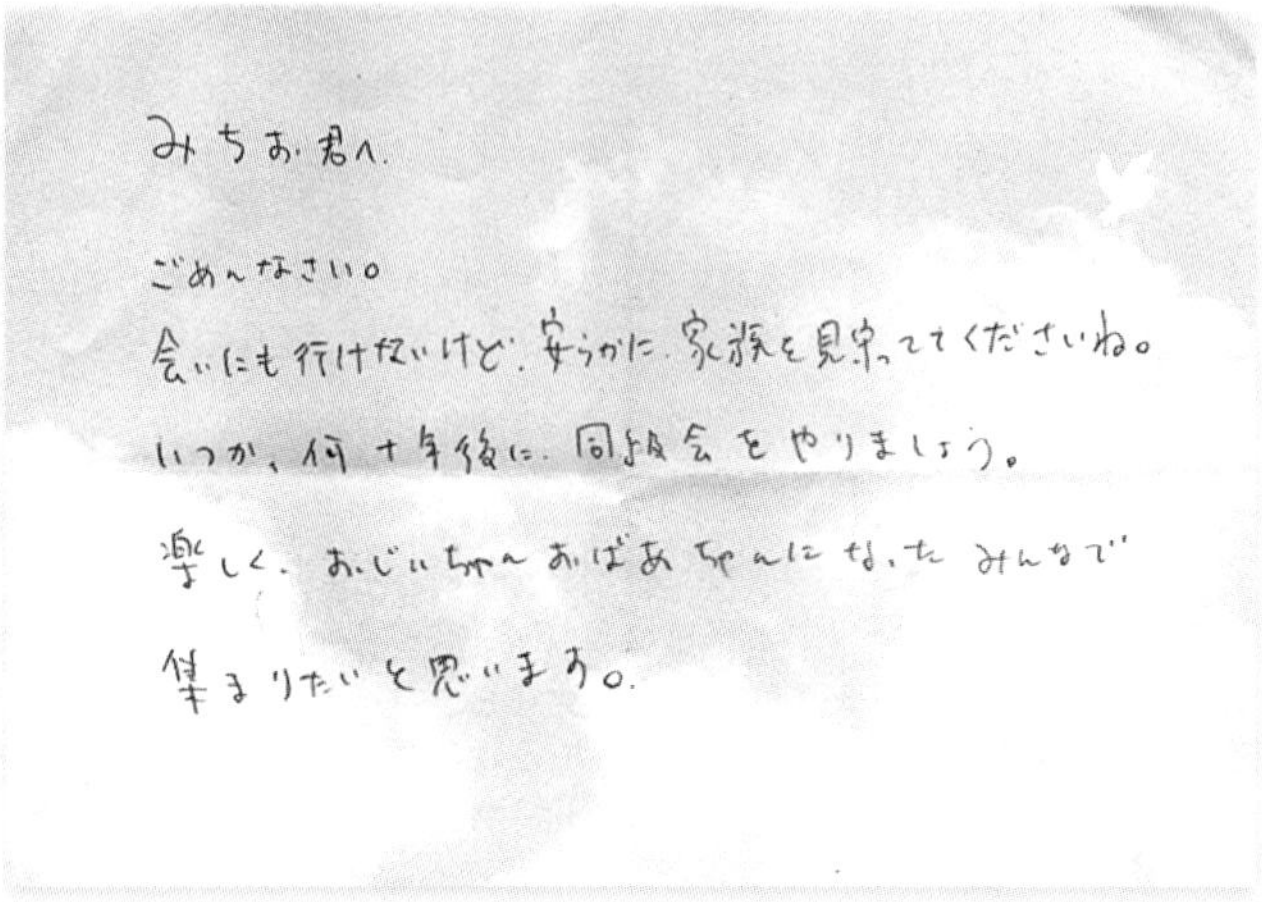
みちお君へ

ごめんなさい。
会いにも行けないけど、安らかに、家族を見守っててくださいね。
いつか、何十年後に、同級会をやりましょう。
楽しく、おじいちゃんおばあちゃんになったみんなで
集まりたいと思います。

みちお君へ

ごめんなさい。
会いにも行けないけど、
安らかに
家族を見守っててくださいね。
いつか、何十年後、
同級会をやりましょう。
楽しく、
おじいちゃんおばあちゃんになった
みんなで集まりたいと思います。

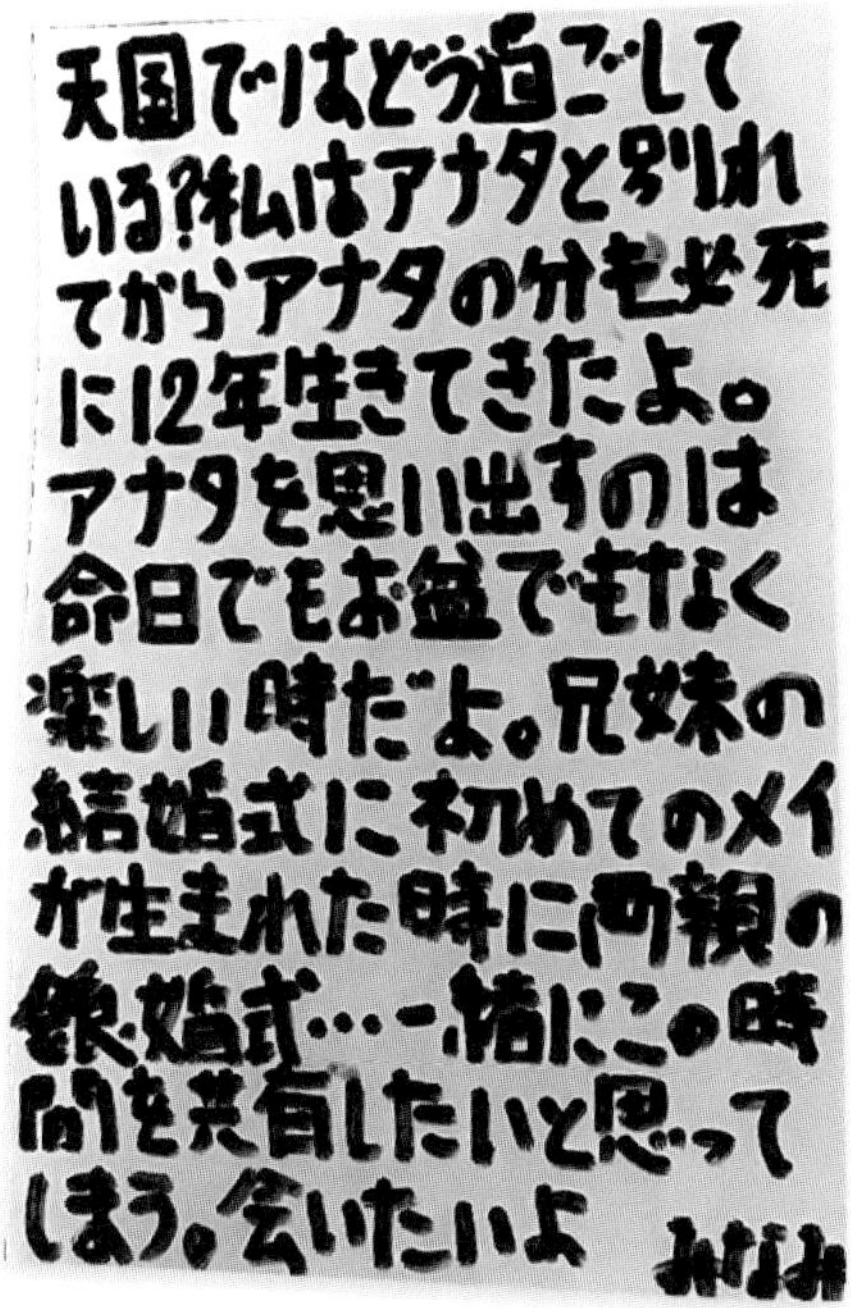

天国ではどう過ごしている?
私はアナタと別れてから
アナタの分も必死に
12年生きてきたよ。
アナタを思い出すのは
命日でもお盆でもなく楽しい時だよ。
兄妹の結婚式に
初めてメイが生まれた時に
両親の銀婚式……
一緒にこの時間を共有したいと
思ってしまう。
会いたいよ

みなみ

天国ポストの先見性

志茂田景樹

時空を遡るタイムマシンは、永遠に夢の乗り物で終わるでしょう。

しかし、天国ポストはそう遠くない未来には実用化されるのではないか、と僕は信じています。

もう会えなくなった人にいまの自分の気持ちを伝えたい。進化したコンピューターは、その手紙をデータに、また、受取人の生前の性格、趣味、履歴などをデータに、差出人が感動するに違いない返事を書くに違いないからです。無論、バーチャルですが、天国の様子や、そこでの暮らしぶりについても言及するはずです。

そういう正確無比で、優秀な天国ポストが設置されたら、毎日手紙を書いても追いつかないでしょう。それほどに、もう会えなくなったのに、いまの自分の思いを伝えたい人は多いのです。

ただ、僕が誰かひとりに絞るとしたら、15歳年長で昭和20年（1945）8月に20歳で戦死した兄ということになるでしょう。兄は大蔵省税務講習所（税務大学校の前身）を卒業し、昭和19年に渋谷税務署に奉職しましたが、間もなく兵隊にとられました。

まだ税務署勤務のころ、兄は廊下のガラス戸のガラスに1字ずつカタカナを書いて、カタカナを教えてくれました。ひらがなに移り、僕が全部覚えきらないうちに、兄は兵隊に行きました。

僕は昭和15年3月の生まれですが、5歳の誕生日を迎えるころには、すでに兄は旧満州（現在の中国東北部）に渡り、ソ満国境近くの駐屯地にいましたから、兄からひらがなカタカナを習ったのは4歳時ということになります。

当時、都下小金井町（現小金井市）の国鉄官舎に住んでいましたが、大人たちは藁人形を竹槍で突き刺す訓練や、バケツリレーで砂を運び、燃えている屋根に砂をまく訓練に必死に励んでいました。それは4歳か、5歳に過ぎない幼児の僕から見てもとても滑稽な光景でした。

大人よりも子供のほうが冷めた目を持っているのかもしれません。

昭和21年春、僕は小学校に入りました。学校から帰ると、三畳間の兄の部屋に入り、本箱の本を抜き取ってはぱらぱらページをめくる習慣がつきました。兄は文学青年で、よく詩作をやっていました。蔵書は詩集がほとんどでした。詩の本は余白が多く、そこに万年筆で詩や，短歌の書き込みがされていました。

漢字が多く、さらに崩し文字では読めるわけはありませんが、僕は兄の匂いを嗅いでいたのでした。兄のつぶやきが聞こえたこともありました。

窓際に置かれた座り机にはいつも陰膳が供えられていました。

兄がいた部隊はソ満国境を越えてきたソ連軍と交戦し、全滅に近い損害を被った後、散り散りになったそうですが、戦死の確認が取れず、行方不明扱いでした。

小学校をそろそろ卒業するころ、学校から帰って三畳間に入ると、母が正座をして涙をぬぐっていました。その日、役場から兄の戦死公報がもたらされたのでした。シベリアの抑留所から兄のいた部隊の生き残りが3人帰還し、兄の戦死の状況が解り、戦死公報が出たのでした。兄たちは散り散りになって終戦を知らずに戦い続け、兄は8月の22日から23日の夜半にかけて戦車砲の直撃を受けて吹っ飛ばされたそうです。

その生還はないと母は覚悟しながらも、一縷の望みを抱いて兄を待ち続けていたのでしょう。戦死公報を受け、気持ちの整理をしていたはずです。

気丈な母の涙を僕が見たのは、後にも先にもそのとき限りでした。

兄チャン、母チャンは兄チャンノ机の前デ
ナイテイタヨ

兄への手紙の書きだしは、きっとそうなるはずです。

本書を読んでひとりでも多くの人が、もう会えなくなった人にいまの想いを伝えられるよう祈ります。

天国ポストに投函するには

How to posting ?

天国ポストは可動式です。
どこにあるかは、
順次公式サイトでお知らせします。

天国ポスト 公式サイト
http://tengoku-post.com/

現在は、福島県いわき市の
元郵便局長・猪狩弘之さんのご自宅のお庭にあります。

猪狩弘之さん宅

〒979-0201
福島県いわき市四倉町東四丁目27

リクエストにお応えして、
東京にも天国ポスト（ミニサイズ）を設置しました。
こちらは現在、豊島区の千年画廊さんにあります。

千年画廊

〒171-0021
東京都豊島区西池袋4-8-20
(池袋駅から徒歩10分)

天国ポストに直接投函したい人は、
このいずれかを訪ねて投函してください。

または、下記の天国ポスト事務局に郵送していただければ、
事務局から投函いたします。

天国ポスト事務局

〒160-0023
東京都新宿区西新宿7丁目11-15ミヤコビル1階
電話：03-3535-3655

そのほか、天国ポストに関するお問い合わせも
事務局までどうぞ。

個人情報の取扱いについて
天国ポストに投函された手紙の著作権（著作権法27条の翻訳権、翻案権等および28条の二次的著作物の利用に関する原著作者の権利を含む）は、差出人様から「天国ポスト事務局（代表：寺井広樹）」に譲渡いただく形になります。
関連作品（書籍・映像・音楽含む）での使用をはじめ、インターネットでの公開、テレビ・ラジオなどで使用することがあります。その際は、記載された個人情報及びプライバシーへの配慮から、一部を修正させていただく場合があります。予めご了承下さいませ。

おわりに

Conclusion

「死」はお別れではない。数々の手紙がそう語っていました。

寺井広樹

天国ポストに投函された1000通余りのはがきや手紙。そこには、もう会えない相手へのさまざまな想いが率直につづられていて、読む者の胸を打ちます。これだけデジタルが発達した時代なのに、天国ポストに投函された手紙・葉書はすべて「直筆」のものばかりです。パソコンで入力したものをプリントアウトしてもよさそうですが、1通もそういったものはありません。想いを伝えたいとき、やはり、人は筆に想いを込めるのでしょうか。

私は読んでいるうち、奇妙な感覚にとらわれるようになりました。

実際に手紙を読む前に想像していたイメージとは、かなり違う手紙が多かったからです。ひと言でいうと、「いまもどこかで生きている人に語りかけるような手紙」がたくさんありました。それも、とても自然な語りかけです。

「そっちの居心地はどう？」

「なかなか会えないけど、元気にしてる？」

「これからもずっと一緒！」

「また呑みましょう」

など、その部分だけを読めば、亡くなった相手への手紙とは思えないほどです。

「まるで、生きているみたい」と思ったとたん、ハッとしました。

その大切な人は、手紙を書いた人にとって、間違いなくいまも生きているのでしょう。「心のなかに生きている」という気休めのような話ではなく、肉体がなくなっても、ちゃんと生き続けているのだと確信できました。

肉体がなくなると、話すことも気持ちを確かめ合うこともできないので、私たちは寂しく悲しい思いをします。しかし、亡くなった人が、ふっとそばにいる気配を感じることもあります。そんなときは、実際にそばにいるのだと私は思います。

いまも変わらず、生きているかのように語りかける手紙を書けば、亡くなった相手にも、きっと思いは通じるはずです。

天国ポストは、大切な誰かを失った人へのグリーフケアの一環として発案したものです。しかし、当初はひとつの大きな迷いがありました。

亡くなった人に、たとえ思いが通じても、もちろん返事が来ることはありません。だとしたら、かえって寂しさ・悲しさが増してしまうのではないか……と思ったのです。

そこで、お子さんに限定した企画ですが、10月5日〜9日（てん・ご・く）を「天国の日」と制定し、天国から手紙やプレゼントが届く日とする企画を立ち上げました。

届けるのは、サンタ・クロースならぬ「ファンタ・グリーフ」というメッセンジャーです。この名前は、ファンタジー×グリーフケアの略で、ファンタジーの世界での設定ではあるが、グリーフケアに役立てて欲しいという願いを込めました。

しかし、その後にいたったのは、「天国への手紙に、返事は必要ない」という結論でした。天国ポストに投函してくださった方の多くが、「書くことで気持ちの整理ができた」「落ち着きました」「心が癒された」などと語ってくれました。

亡き相手への想いをつづること自体が、グリーフケアになるのであって、返事は必要ないとわかったのです。もし相手の方から伝えたいことがあれば、文字や言葉や声でなくても、何かの形でメッセージが送られてくるに違いありません。

生きている以上、大切な誰かとの間を、いつかは死が分かつことは避けられません。けれども、死とは本当はお別れではないのだと、天国ポストに投函された数々の手紙が教えてくれました。

もう会えなくなった大切な相手からのメッセージを、これからは私も感じながら、生きていこうと思います。

2016年8月

寺井広樹

謝辞

天国ポストにはがきや手紙を投函してくださり、本書への掲載を快くご了承くださった方々に深く感謝いたします。

また、天国ポストの命名、および本書の監修、寄稿をしてくださった志茂田景樹先生をはじめ、本書の制作でお世話になった方々に深謝申し上げます。

ありがとうございました。

天国ポスト

もう会えないあの人に想いを届けます。

2016年8月2日　初版第1刷発行

監修	志茂田景樹
デザイン・イラスト	重元ふみ
写真	竹口野 ／ 寺井広樹
編集協力	松崎千佐登
編集	喜多布由子
著者	寺井広樹
発行人	佐野 裕
発行	トランスワールドジャパン株式会社

〒150-0001
東京都渋谷区神宮前6-34-15 モンターナビル
Tel: 03-5778-8599　Fax:03-5778-8743

印刷・製本　中央精版印刷株式会社

Printed in Japan

ISBN 978-4-86256-183-1